U0116830

旅行何必正经八百

LÜXING HEBI
ZHENGJING BABAI

温小平 著

广西师范大学出版社
·桂林·

著作权合同登记图字:20-2003-100号

图书在版编目(CIP)数据

旅行何必正经八百/温小平著.—桂林:广西师范大学出版社,2003.10
(贝贝特旅行文库)
ISBN 7-5633-4237-0

Ⅰ.旅… Ⅱ.温… Ⅲ.游记-作品集-中国-当代
Ⅳ.I267.4

中国版本图书馆CIP数据核字(2003)第082221号

广西师范大学出版社出版发行
(桂林市育才路15号 邮政编码:541004
网址:www.bbtpress.com)
出版人:萧启明
全国新华书店经销
发行热线:010-64284815
北京世艺印刷有限公司印刷
(北京市通州区永顺镇乔庄村 邮政编码:101100)
开本:889mm×1 194mm 1/32
印张:7 字数:89千字
2003年10月第1版 2003年10月第1次印刷
定价:26.00元

如发现印装质量问题,影响阅读,请与印刷厂联系调换。

自序 要玩，就要玩得痛快

喜欢玩，从小就隐隐然出现了征兆。

幼稚园小班时，不想搭公车回家，就跟同学三舅说，我们走路回去。那条路可真远，走了一个多小时，差点迷路，还跟警察伯伯求救。家里人仰马翻，我却为一路的新鲜好玩兴奋不已。

右边耳朵听着妈妈的再三叮咛和反复警告，左边的心却想着下一回还要找机会再去冒险。

即使是全班到最近最近的中正公园郊游，我也会自己出花样，小小脱队，这样可以发现新大陆，每次都玩得不亦乐乎。

中学有回去野柳玩，班上同学乖乖待在岸上欣赏海浪奇观，我却冲到礁岸最前端，欣赏海浪拍打海岸激起的浪花，点点飞溅到我身上，老师同学大呼小叫，我却觉得过瘾极了。

可以想见的，我这人很惹人厌，同学受不了，老师频作家庭访问，妈妈打加骂，我却变本加厉。台北女子一中的同学天天念书，我却天天想着让枯燥的学生生涯活络起来。

幸好住家所在的基隆山上有着取之不尽的趣味，仿佛一座宝库，满足了我的探险欲望。

渐渐，小山不够玩了，我参加青少年营地去了金门、玉山……原来，世界如此多姿，那么，更远的对岸呢?

天可怜见，开放了观光，即使所赚不多，也省吃俭用，拼命加班，请了休假，去看外面的世界是不是住了红眼绿嘴人。

简直就是看不完的热闹，实在太棒了，我这只四眼蛙，可没后悔跳出那口阴暗的井。

刚开始，没见过世面，难免胆小，我只好跟着大伙玩，就像小学生跟着老师走，永远都照着一条线。人生不该如此，可以沿着一条线，但要往不同方向分岔，只要懂得回来，不要跌进太空，失了轨道就好。

不管别人是不是赞成，到了国外，我就是这样玩法，而且乐此不疲。

因为玩得开心，忍不住在演讲的时候，稍稍透露我自助的玩法，没有牌理的趣味横生。大家好奇着，英文不好怎么办？要花很多钱吗？会不会迷路？有没有危险？怎么规划？

真的不是很难。只要注意安全，其他，你就可以随着感觉走。想看什么就去看，不想走了，就坐下来睡觉，高山上搭火车腻了，下车走一段，不必担心什么形象。到底什么是形象？欧洲好多地方的自助旅行者，都是随遇而安，席地而坐而躺，多自在。

大地是我软软的床，天空是我大大的被，云彩是我花花绿绿的梦，雨水是最爽快的滋润剂。

平常我们都太紧张了，生活中充满压力，为什么旅行的时候，还要有一堆规范，休闲就是休闲，真正的放松。

我向来喜欢记笔记，也随性地拍了几千张的照片，别人看了说不错，我就大了胆子，拼凑出《旅行何必正经八百》的精彩片段。

如果你很喜欢，拜托你不要如法炮制，因为，你是你，你可以随性玩出自己的轻松写意。而我，又要展开另一次行程了。

这一回，是南非。摄氏零度，每个人都说我疯了，冬天去南非，有什么好看的。

错了，只要有一副好心情，随时出发，我都玩得快乐。

温小平

〉目 录〈

→ Part 1
团体游戏，我不玩了

→ Part 2
完美计划出了问题

Part 3

迷路了，遇见天使

Part 4

满街都是情报员

Part 5

旅店没有空位，今晚睡马槽

Part 6
对不起，真是错得离谱

Part 7
老鼠要发威

Part1

团体游戏，我不玩了

Part 1

一堆人拖拖拉拉的，动不动要上厕所，
动不动迟到、发脾气，
我花钱旅行是要找快乐的，干吗受气？
大不了，我不跟你们走就是了！

跳跳鼠初尝脱队滋味

刚开始出国旅游时，都是跟着团走。因为什么都不懂，像个土包子，最怕就是遇到坏人，或是走丢；就像买油的小孩，丢了钱，不敢回家，变成萤火虫，永远回不了家，况且，我才不要变成日本的萤火虫。对了，我第一次出国，就是参加日本十日游。

那是1979年的事了。

团员只有10个人，领队是个菜鸟，头一次带团，我一路要帮他填单子，还要招呼团员，反正自己鸡婆，绝对不是他要依赖我。可是，在我印象中，那趟旅行，就是一路买个不停，不管是不是自己需要，别人买，我就跟着

买；亲朋好友开了单子，我也得买。

然后，就是每天集合、吃饭、上厕所，花掉很多时间，害我的膀胱变得有点无力，时不时也得跟着受到相当程度的挤压。

最最无聊的就是七早八早结束行程，领队说他要准备第二天的资料，要我们全都早早上床。夜猫族的我，怎么耐得住性子，像毛虫在身上钻，就是坐不住。同行的外婆看出我的蠢动，警告我说日本满街都是骗子，会把我抓去当艺伎。她还以为我只有三岁，吓一吓就会安分？

天可怜见，到了银座，在旅馆大厅巧遇台湾来的老朋友，他已经进出日本好几回，知道我不甘心大老远跑到日本来睡觉，决定带我和几个同样饥渴的同伴去探险，也就是去逛夜市。

其实，也没走多远，就是旅馆附近的几条街道，美丽的橱窗展示着美丽的衣服，一堆跟我一样不爱睡觉的人晃来晃去，还有喝醉酒的日本男人在墙角呕吐。

逛到后来，我们去吃了日本最有名的牛井，好像我终于也赶上了一点时髦。一路肚子里装的都是中国菜，这下像刘姥姥尝到新鲜滋味，塞不下也拼了命地吃。

为了纪念这次小小“脱队”，回旅馆的路上，我买了一副小小的耳环，是用转转的耳栓，坠着一颗小小的桃红的心，好像我这颗活蹦乱跳的心，想跳出与众不同的频率。

乱不正经小点子

因为随团旅游，还是不能疯过头，太不合群，万一真的出了事，领队很可怜，要到处找人。所以，我都是利用早晨集合前，例如七点集合，我这赖床大仙忍痛起床，六点钟跑出去附近逛逛，说不定会捞到宝贝。于是，我探过南京的老家、黄石公园的早晨，嗅过威尼斯的海风咸湿味……真的是早起的老鼠有乳酪吃。

终于找到了我的出生地

我是在南京出生的，因为当时南京是中华民国首都，我每次提到这事，总有几分神气。可是，只要别人一问，那时你多大？才几个月，脚都没沾过地，算什么南京人。

唉！真是挫败。所以，有机会到内地，行程又有南京这一站，我当然不会错过。出发前，就跟妈妈问好确实地址、附近的景物，管不了40多年是不是早就河山变色，说不定没进步，什么都照旧。

还没到南京，就缠着领队和全陪，要他们一定帮我问到“廊后街”在哪儿。内地的民政管理不是做得很好吗？任何人偷了抢了立刻会被抓到，搞不好我们刚踏上内地，他们就已接获情报：台湾来了位作家。那倒好，就有人帮我找老家了。可惜，等了好几天，没人来跟踪监视我。

到了南京，住的是名气响亮的金陵饭店，高达36层，领队老叶问了柜台，没人知道廊后街，他就说搞不好这路已经废了、消失了，去哪儿找这么一条路？再加上每天行程满满，老叶虽是老友，却也是全团的领队，他一路照顾我，已经有人说他偏心了，所以，他坚持不陪我满街找老家。幸好全陪伟航还

算有良心，答应晚上陪我出去找找。

∷ 三轮车跑得快，上面坐个小平同志

4月天，气温却由28℃度突然降到10℃，还下起大雨，却阻止不了我。饭店门口围着许多等客人的三轮车夫，我专挑年纪大的来问，妈妈说在太平路附近，但有位老人家说他知道长江路边有个廊后街，而长江路离饭店不远。

我心中大喜，照着老人的指示，由伟航陪着，边走边问，大概15分钟左右就找到了暮霭中的廊后街，那简直就该称为巷子，难怪没多少人知道。

街口横挂着一张白底红字的布条，写着“新时代发廊”；第一家是电器行，营业项目写在绿漆斑驳的墙面上，每一户的木窗都已腐蚀，隐约飘散出尿骚味。妈妈已不记得门牌几号，我只好在每间四合院前拍照，带回去请妈妈指认。

走不到30米，门牌就换成估衣廊，廊后街最后一户是17号，已改建为交警大队宿舍。到底哪一户才是我的出生地呢？依稀听到婴儿啼哭，像是从前个世纪传来。那个跑前跑后的勤务兵呢？

我又搭三轮车去了夫子庙、秦淮河，吃了一碗难以下咽的馄饨，沿中华路、中山南路匆匆回旅馆，心中却是浓浓的失落感。

第二天就要离开南京了，我一夜睡不好，天刚亮就醒了，站在我住的35层楼上，望着中山路的绿阴，以及更远的长江路、廊后街，眼泪都要流下来了。一看时间还早，我决定独自冒险再探一次老家。

背着相机，一看就是观光客，门口的三轮车夫、想换美金的人追着我跑，幸好我穿的是弹性特佳的运动鞋，拼了命地跑过两条街，终于甩掉他们。

晨曦中的廊后街，有了点不一样，早起的人踩着自行车准备上工，街宽只有一车半，我不时要侧身贴着墙壁让车过，会有人在40年前也这样跟我妈擦肩而过吗？

突然一阵水声，有人对着四合院前的一排塑胶尿桶方便，当初，妈妈也是这样帮我把尿吗？ 40年过去了，他们还没有一间像样的厕所，我突然觉得自己好幸福好幸福。

趁着眼泪没有决堤以前，我拍了几张照片，仿佛证明我确实在这儿出生的，而不是像小时候同伴笑我是从水沟里捡来的。

乱不正经小点子

如果你出国前，想要顺便看什么朋友，找什么怪店，买什么稀奇，因为不是在领队或导游的服务项目内，即使你给小费，他们也不见得会陪你。所以，一开始就要跟他们建立好关系，使出浑身解数（不是要你宽衣解带啦！），把你的故事说得哀怨动人，多半他们都会被你打动的。

揭开卡尔卡松的神秘面纱

在学校念书，我向来是不预习的，但是出国玩，是到陌生地方，还是先读点书了解了解，免得问起领队一知两不知的，我就会跟瞎子摸象般，花了大钱，只知皮毛。

所以，我知道法国南部有座中世纪最大的城堡卡尔卡松，里头还住了1 000名左右的居民，最重要的是城内还有旅馆。想到可以住在城堡里我就很兴奋，四家之中的“Citè”，更是不得了的漂亮。

一开始我就跟领队要求过，一定让我们住城堡，他也点头答应。可是，到了卡尔卡松，七黑八黑地进了旅馆，怎么看就不像在城堡里，领队却说，是城堡啊！当我进了房间，灯光投射下的城堡巨兽似的在窗外出现，我就知道领队在骗我。

找领队理论，他才说，城堡里的旅馆很贵，而且要在一年前就预定，明天就可以进去参观了，眼睛闭起来，里外还不都是一样。

根本就不一样，气得我胃都痛了。

望着窗外仿佛飘在黑海上的城堡，梦幻似的呼唤着我，我好想去跟它打个招呼。顾不了外头倾盆大雨，只有摄氏一两

度，又湿又冷，妈妈怕我危险，只好拼了老命陪我。手执电筒，一脚高一脚低地走在泥泞里，因为没有路灯，视线极差，同行的其他团员，一个个打了退堂鼓。

妈妈劝我，算了，我就那么不争气，眼泪要流要流的，就在这时，照射城堡的灯也熄了，即使挨近城堡，也是伸手不见五指。我想一定是上帝插手了，要我乖乖回旅馆睡觉，不要拖累了老妈。

你想，我哪睡得着，梦里断断续续的，一会儿进城，一会儿又遇见了老情人，醒来，妈妈早已穿妥衣服，指着灰蒙蒙的窗外，雨停了，天晴了。

母女俩缓缓走着，因为是上坡路，微微气喘。穿过城门，走在石板路上，昏黄的灯还在屋宇的墙角闪烁，我们仿佛也走进了中世纪。天边的北斗七星，近得好像伸手就可以摘到，这城里的人是跟星星一起长大的吧！

商店里的人还在睡觉，街上偶尔有人走过，我看着这个城堡伸着懒腰，醒来，揉着惺忪睡眼，而我，已把这城堡看了四分之一。更奇妙的是，梦里的那座教堂，就在眼前，梦里翩翩展翅的鸽子，从我眼前飞过。

我后来记下了这个奇异的梦境，写成《跨世纪的浪漫》。

当所有的人，城里的城外的都苏醒时，展开这城的巡礼，我如同识途老马，好像在自家的老屋游走。当中午时分离开这座城堡，大家抱怨还没看完，我已经把同样路线走了两遍，甚至躺在城墙边上，晒了好一会儿的太阳。

乱不正经小点子

不单单只有早起才有虫吃，如果晚上的时间充裕，也可以如法炮制。我在耶路撒冷，大伙白天在圣城走了一天，累瘫了，夜晚乖乖回房睡觉，我却逛了夜街，买了地摊的旧货，同时，还搭了计程车到橄榄山上遥望圣城的夜景。当然，领队怕我出事，也当保镖似的陪着去。不然，也许我会有一段艳遇。没关系，我自己编了一段艳遇，这就是会写小说的好处。

即使是零碎时间，也可以偷溜

团体旅行，领队最常说的一句话就是，这是团体旅行，请大家集体行动，少了一个，大家都回不去。所以，怎么玩出不一样的花样，就要各凭本事了。

刚出国那几年，世面见得少，胆子也就收敛得多。可是，每次看大伙吃饭慢，上厕所久，我就觉得很浪费时间。几次下来，我就会趁大家刚进餐厅，尚未就位，溜到餐厅附近去逛。或是吃完饭，大伙又在轮流上厕所时，我问清楚开车时间，转身就走。有时是商场，有时是小街，即使只偷了20分钟，我也觉得开心。反正什么都好看，要不然吃完饭就上车，这个城市，我只记得餐厅和厕所的位置，未免白痴。

印象最深的一次，是到约旦的文明古城派特拉（Petra）途中，大家在休息站里买纪念品、上厕所，而我则背起相机四处溜达。走啊走的，突然天地变色，远远看到龙卷风似的卷起大片风沙，朝我飞来。躲避不及，我干脆蹲了下来，眯着眼睛窥看这幕奇景，也不过一两分钟，这阵黄风就消失了，沙漠复归平静。后来我才知道这就是闻名的“沙漠风暴”。

正要往回走，听到飞机引擎声，抬头一看，吓死人了，正有一架飞机朝我飞来，飞得好低，低到我都可以看到驾驶员的脸，那时中东刚刚停火不久，我还以为又要开火了。就地就要掩蔽，才发现那飞行员是故意要吓我的，看似要冲下来，机头一拉高，呼地就飞远了。

惊魂甫定，匆匆回到休息站，大家还在排队上厕所，我就顺便逛了逛艺品店，一眼就瞧中了一把橄榄木做的装饰枪，枪身镶着贝壳，纯手工做的，买下来算是游约旦的纪念品。

当我上车，大伙好奇我买了什么，也不过是一把枪。他们轮流传看，稀奇地说，他们刚刚怎么没看见？还有人要出两倍价钱跟我买，甚至有人还吓我这橄榄枪带不回台湾的。我才知道，我误打误撞地用低价买到一件宝。

他们这才心不甘情不愿地承认，我的眼光确有过人之处。

乱不正经小点子

出国旅游要多看多吃多玩，买东西真的只是其次，这是我出国久了以后的体会。可是实在又喜欢买，又没太多时间，就要训练自己速看速买的工夫。我都是一进店里，横扫一遍，尤其是没人注意的角落。如果第一眼就讨我喜欢，我会再看东西是否别致，假使价钱又不贵，我就买了。前后，花不了5分钟。偶尔因为匆忙被商人骗，但百分之九十九都买得很开心。

西西里岛抓跳蚤

意大利是我很早就向往的国家,可是听说那里抢偷蛮严重的。我这个人又善良又粗心,曾被小偷吓得失眠两年多,可不想还没玩过瘾,就被破坏了兴致。所以,我就跟着一ㄊㄨㄚ人的团到了意大利的西西里岛。

飞机在西西里岛的首府巴勒莫(Palermo)降落后,就是自由活动时间,偏偏意大利人做什么都慢,在110岁高龄的老旅馆等了一个多小时,行李都还没到。我看时间宝贵,想去找当地的跳蚤市场逛逛。

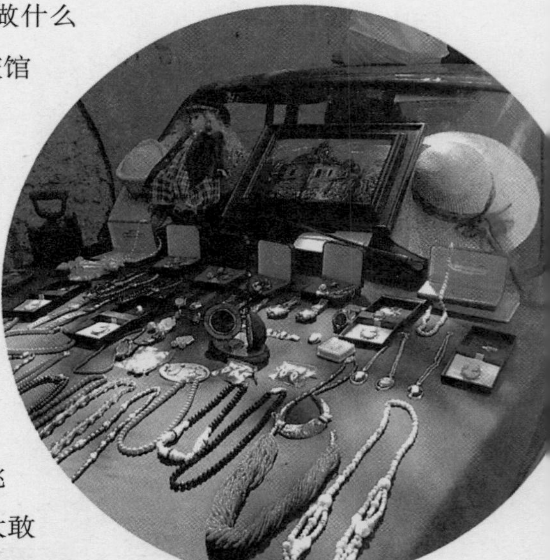

其他团员绝大多数要去买名牌,对跳蚤市场不感兴趣,还有的人见我手上只有一张简单地图,跳市的方位也摸不清楚,不太敢跟我走,怕迷了路,什么也没看到,

两头落空。

只有静娟见过我写的一堆探险文章，完全信赖我绝对可以挖到宝。我们沿着自由大街慢慢走，边看边问，后来，搭马车游街的新彬也加入我们的阵容。

沿路欣赏了意大利第三大歌剧院，纪念西西里岛四位圣人的四季喷泉，它刚好位于西班牙殖民街上，附近有不少西班牙式的建筑，正好印证了西西里曾被西班牙统治了六个世纪。另外，我们还在市政厅旁的巴洛可大喷泉摆了不少pose拍照，玩得不亦乐乎。

在主教堂附近转入艾曼纽街，因为都是大街，方向还不算难认，经过一些贩卖皮影戏偶的商店，遇到一群阿兵哥，兴奋地跟我们合照。看看手表，离晚餐时间很近了，却还找不到跳蚤市场，甚至问了附近的人，都摇头说不知道。

∷ 近在眼前，远在夕阳那边

完了，看地图明明近在咫尺，为什么我们却一直在绕圈子？静娟劝我算了，反正一路走来也玩得很开心。

我可不想把这趟行程变成笑柄，更何况在这个2 000多岁的古老城镇，我什么宝贝也没买到，怎么会甘心？

拿着已快破成两半的影印地图，借着夕阳的余晖，揣摩着东南西北。总算在路人的指点下，找到了小小规模的跳市，不幸的是，到得太晚，大多数摊位已经打烊，只剩下四五位中老年人在薄暮中下棋、抽烟、聊天。新彬一看零星摆设的都是破铜烂铁，而且布满灰尘，就兴趣缺缺。我却像见了金山银山，挑挑拣拣地买了一个好像埃及艳后用过的水果盘，还有一幅木版画，似乎是在说四位意大利艺人的故事。

达到了目的，整个人的斗志就没了，外加早过了7点的晚餐时间，意大利式大餐已经无望，三个人累得人仰马翻，我还逞强，说是看地图的标示应该不远，走回去好了。

她们都说我疯了，想在路上拦计程车，等了半小时，却不见一辆驶过。原来计程车只停在招呼站，可是没人有力气走到招呼站。幸好附近店家不忍心见死不救，帮我们打了电话叫车。

∷ 虽然疲累，却留下了回忆

回到旅馆，已经8点，没想到意大利厨师动作慢，团员正要开始进餐，我们风尘仆仆坐在舒适的古典椅子上，沙拉还没送上来，静娟已经累得睡着了。仔细算来，我们马不停蹄足足走了三个半小时。

只听团员们抱怨在附近逛了半天，什么也没买到，颇为关心我们的斩获。我不忍刺激他们，摇摇头说，不过是欣赏一些建筑。

第二天，我们才知道昨天下午逛的那条街，是巴勒莫的精华区；沿着路往山上走的8公里路，俗称“黄金之路”，因为路边种满了柑橘，每到秋天，就一片金黄。当游览车载着我们驶过这条街，导游介绍着沿路的景物，团员嚷着为什么不能下去看？

导游说，因为时间来不及，只能坐车观光市区。

望着曾经留下了我们欢笑的剧院、喷水池、美女挥手的窗口等等，我心里暗爽，跟静娟、新彬会心一笑。嘿嘿！我们早已走过留下痕迹，谁要他们昨天只想买名牌。

这下子，静娟总算见识到我棋高一着的“自由活动”。

乱不正经小点子

如果不敢进行全自助旅行，不妨选择半自助旅行团，利用自由活动时间，挑选自己爱看的东东，免得跟一群话不投机半句多的人混得难过。像我爱逛跳蚤市场，大多数人却爱逛精品店，我就跟他们分道扬镳。但是，尽量不要落单，有朋友同行比较安全。

马来西亚遇救兵

旅游文章写多了，就有人发出邀请帖，怎么样？报道一下吧！就这样我来到了马来西亚，住进五星级观光大饭店，为当地的观光节暖身，也就是宣传啦！

同行的都是老鸟，所谓的旅游玩家，再加上外语能力强，颇有自知之明的我乖乖收敛，像个没见过世面的土包子，什么事都让别人出头；就连第一天各媒体代表的自我介绍，我也是听别人怎么说，依样画葫芦，嗯！总算安全过关。

因为自己团里的都不认识，其他团里的我也不敢卖弄一口破英语，于是，每天默默来去，跟着大家游览百货公司、参观珠宝展、欣赏艺品展、听大官致辞、吃饭睡觉，颇无聊的。

尤其是，我不习惯一个人睡觉，不是想老公啦，而是胆小！就怕旅馆里曾经闹过什么妖魔鬼怪，我把音乐开得很大声来壮胆。谁知道，过了12点，音乐没了，只好开电视。人家好心让我们住豪华套房，就是有一间客厅、一间卧室的，我却嫌空间太大，望着每个空荡荡的角落，怕得不敢闭眼，连洗澡都是战斗洗。

∷ 沉闷的采访自造趣味

晚上失眠，白天无聊，我已经快不行了。就在这时，眼尖的我发现团员中的法蓝不见了，她难道是发现什么好玩的，所以落跑了？接着，我发现别的代表也闪了好几个，大概是大家都受不了这样的官样行程。说实在的，这样报道吉隆坡，肯定没多少人有兴趣来。

于是，我也想单飞了。吃早餐时，悄悄问了法蓝，才知道曾经周游列国、身经百战的她，这几天东看西看玩得可开心了。不等我开口，她就看穿我眼中的渴望，问我："要不要跟我一起去走走？"

"我想去看中央市场和中国城。"向来对极富地方色彩的市场感兴趣的我，迫不及待说。

"我正好也打算去瞧瞧，那明天我们到记者会拿了资料就走。"

我还是有点担心："这样会不会不好意思？"

法蓝说她采访过很多地方，只要我们写出来的报道既精彩，又能吸引别人来观光，就达到目的了。况且，我们多看一些景点，又不用麻烦他们招呼，同时，报道得更深入，人家感激都来不及。

想想也对，我们俩就这样离开购物中心，走进颇具马来西亚特色的中央市场。200多个摊位中，展售的大多是民俗艺品，包括邻近的印度、尼泊尔、印尼、泰国等的；更炫的是有好多物美价廉的古董，例如老表、老钟、老碗、老剑等，而且可以在价钱上享受大杀特杀的乐趣。

至于中国城，则类似台北的士林夜市，或是香港的女人街，吃的玩的穿的，应有尽有，只不过品质略差，当然，价钱就便宜得多。

我最欣赏的是各式热带水果，例如果王榴莲、果后山竹、红毛丹、椰子……以及马来菜、娘惹菜、印度菜等小吃摊，又拍照又访问又能大快朵颐，过瘾极了，我每天都是累兮兮地回旅馆，行囊却收获丰盛。

：：我的夜晚比白天恐怖几倍

可是，入了夜，我就笑不出来了，因为我必须独自面对孤单的夜晚，被恐惧煎熬到天明。直到吉隆坡的行程快结束时，法蓝见我的黑眼圈愈来愈严重，忍不住问我，是不是睡不好？想家啊？

才没那么幼稚！可是，如果再死要面子，还没回台湾，就去了半条命，只好坦白说自己不敢独睡的事。她立刻要我跟她一起住，我也就老大不客气，拎了行李，即刻搬家。

结果，躺在床上，我才发现大事不妙，因为法蓝有裸睡的习惯，我只要一翻身，就会碰到她裸露的肌肤。唉！如果我是男生，一定乐歪了，可是，我是害羞的女生啊！但要我回房自己睡，我宁愿忍住尴尬，努力往床铺边上靠，虽然肌肉僵硬着，但至少不会害怕。

大概是太累了，一忽儿就睡着了。早上是被送早餐的人叫醒的，因为法蓝体贴我几天来受苦受难，特别把早餐叫进屋里来。没想到，我们又闹了个大笑话，没弄懂菜单的意思，送来的早餐足足可以喂饱四个大汉，又不好意思剩下来，拼了命地塞进肚里。

搭机转赴兰卡威，享受主办单位的招待时，我却无福消受。大概是几夜来的煎熬，还没登机，我就发高烧烧得七荤八素，又服了印度大夫的蒙古药，一路昏睡，从吉隆坡睡到兰卡威，直到要离开兰卡威，才悠悠醒转。若不是法蓝的照顾，我不知道自己会落魄到什么程度。

这趟旅程，虽不惊险刺激，却认识了法蓝这位热心肠的好朋友，回到台湾，完成了不同类型的报道多篇，收获还是蛮大的。

乱不正经小点子

每当朋友到国外出差，或是开会，我都会建议他们，不要只是待在会场和旅馆之间，不妨事先搜集好情报，尽量抽空找个自己喜欢的地方逛逛。我有一位朋友，就是传承了我的经验，去伦敦开会5次，就陆续玩遍了伦敦近郊的巴斯、剑桥、温莎、斯特拉特福、布莱登等地，等于借着公司提供的机票、旅馆，自己付出一点点来回的火车票钱，就达到了旅游的目的。

天子山上欲断魂，小平遥指索溪峪

初冬，我接受了湖南旅游局的邀请，参观湘西的张家界。早就听说武陵源风景区，有奇岩有云海有丽水，明知山路崎岖，还有僵尸的传闻，依然兴致勃勃地上路。

那时，张家界机场尚未建好，我们这群媒体工作者辗转搭车走了400多公里，才抵达内地第一座国家公园——张家界。经过全陪小王介绍，才知道大庸县张家界只是“武陵源风景区”的一部分，另外，还包括桑植县的天子山，慈利县的索溪峪，号称内地十大风景点之一。

起初，它养在深闺人未识，大概在1979年有位画家来这儿写生，从而揭开了神秘面纱。如今张家界的游客杂沓，满山的人比树还多，说话声比溪流声还大，到底是幸还是不幸？

所以，比较起来，我喜欢天子山就多了一点点。只不过，运气太差，坐了4小时的车，颠得七荤八素抵达风云宾馆时，风雨交加，气温陡地降至0℃。

美味的山产产生的热量，不足以抵挡冰寒的湿气，缩在潮味厚重的棉被里，把所有的寒衣裹上身，仍然抵不住寒意。心里默默祈祷，只要天亮能看到比阿里山更美艳的日出和云海，即使冻坏了也值得。

唉！风雨非但没变小，而且所有的山路经过一夜的豪雨折腾，泥泞不堪，裹着单薄的雨衣，走了一小段路，脚底就沾了好几寸的厚泥，鞋子愈来愈重也愈滑。外加烟雾弥漫，视线不佳，一个人抓一个人接驳式地走到横跨深谷的“仙人桥”，不只是浑身透湿，差点有人滑落万丈深谷做神仙去了。

∷ 再美的风景，都吸引不了他们

别说是旅游局的人担心，团里一些上了年纪的人，也拒绝按照原定行程继续走下山。因为，从天子山到索溪峪共有两条路，一条是风景秀气的“十里画廊”，一个是壮阔的“南天门”，但都必须走路，否则原车下山，就什么风景也看不见。

“拜托，这鬼天气，连自己鼻子都快看不见了，还能看到什么？”某报主编首先发难。

旅游界龙头立刻附和说：“对啊！万一出了事，谁赔得起？况且现在全团有一半的人感冒了，我们还有别的行程，怎么继续？”

“真抱歉，下次有机会再请你们来。”旅游局的人也赞成这提案。

可是，我不甘心千里迢迢却一无所获地离去，而且没有亲身经历，这报道怎么写？

经验丰富的人说："简单啦！拿些资料抄抄就好。"

想着人家旅游局花大钱请我们来，可不能让人家把台湾来的媒体看扁了，这么禁不起大雨大雾。抬头看看，雨势小多了，我独排众议，坚持走下山："最坏不过是什么也看不到，但是，如果天气好转了呢？"

旅游局的小王见我很坚持，不好意思推托，就说他陪我下山，以免危险。其他团员，陆陆续续有人投靠我这边，包括摄影师鸿儿，甚至连感冒严重的主办单位的白董，都被我的精神感召，也决定走下山。

这下我的压力可大了，万一，万一还是烟雾弥漫，外加道路泥泞呢？换成他们安慰我："你不是说了，最坏也不过是什么也看不到，我们不会怪你的。"

从贺龙公园入了口，山路满是泥泞，即使步步为营，还是有人摔了四脚朝天。雾气又重，1米外就看不真切，诡异的山林角落里，仿佛躲着不知名的幽灵，更添恐怖气氛。沿途更是不见一个游客，一会儿听说前面有人扭了腰，后头的人感冒更严重还在发烧，我好怕自己的坚持会落空，不知道上帝会给我奇迹吗？

∷ 我的坚持，终于成就了一段佳话

接近“御笔峰”附近，雨突然停了，雾也慢慢散了，像一出科幻剧的布幕缓缓拉开，眼前隐约出现高低起伏、形状互异的山岩，云雾似仙女的手温柔地缭绕山间，我兴奋得几乎口吃地说：“你们快看，云海，那是不是云海？”

全陪小王立刻回应：“你们的运气真好，国外不少摄影大师来这儿苦等两个月，都等不到云海，却叫你们给遇上了。”

大伙手忙脚乱地脱雨衣、掏相机、摆姿势抢镜头，总算没有忘恩负义，回头不断谢我：“要不是温小平坚持，我们什么也看不到。”尤其是鸿儿，他这次的摄影作品大概够他回味一辈子了。

到了天然岩石形成的石门——南天门，它高踞山径之上，我们总算可以坐下来歇息，想着已经搭车下山的人，不禁替他们感到遗憾。

沿路的山岩都是按形状命名的，迎宾留影、雄狮回头、千军万马……都得带点想像力，但是，当风一阵阵拂过树梢，红叶翩翩飘落枝头，还有鸟鸣啾啾，我们轻踩着石板路，没有人舍得出声坏了这份宁静；我们都想细细品味，把这一份回忆留在记忆里，在每个思念天子山的夜晚，反复咀嚼。

更稀奇的是，走到索溪峪，红褐色的夕阳就镶在天边，像是给我们的一枚圆形奖盘。

但是，可别乐得太早，原先说好来载我们的车子却不见踪影，在同样泥泞的马路走了好远，浑身是泥浆的我们腿都快断了，却连一辆顺风车也拦不到，甚至连巴士都不停。

眼看着走回旅馆还得两个小时，我立刻发挥螳臂当车的不怕死功夫，当街一站，看有哪辆车敢从我身上碾过去？还是上帝眷顾，竟有一辆巴士停了下来，我们蜂拥而上……

从此以后，我变成这群朋友口中的苦海女神龙，身居公关界老大的白董，也三不五十拿我的例子鼓励大家不要随便放弃坚持。版权所有，当然该由我本人亲自叙述，不让别人专美于前。

乱不正经小点子

旅行时，难免遇上天气不佳，因此坏了兴致，倒霉的是自己。坏天气，却可以有好心情。有一回，美国妹妹招待我去海边的游乐场玩，倾盆大雨直直落，所有的人脸都垮了，我却穿着雨衣照样排队玩，女儿和外甥也跟着我疯成一团，湿成一团，却也笑成一团。你知道吗？结果有些躲雨的人，也被我们挑逗成功，一起加人我们玩雨。

跟我去听免费音乐会

为了怕我们太无聊，旅行团有时会安排一些晚上的节目，但是，几乎都是要我们自己另掏腰包，如果不参加，身处荒郊野外的旅馆，又没有交通工具，去哪儿都不方便；万一全团都参加，你却不去，似乎又不太合群。

∷ 台湾来的旅客都是傻瓜

有回去马来西亚，晚上安排去了云顶高原，晚餐加上show，二十几美金，我们一家七口，就是好几千台币。结果，晚餐中不中西不西的，别说美味了，连不挑食的大乐都说他不要吃，可以想见多难吃。而歌舞秀好像也是哄我们这些观光客，很不入流，甚至还唱起古老的中国小调，毫无马来风光，让人哭笑不得。

好不容易忍到表演结束，正要回房休息，导游却有意无意说，那儿因为有马来西亚惟一合法的赌场，所以，旅馆曾经有赌得倾家荡产的赌客自杀，简直就是吓人，我们不敢回房，只好到赌场去试试运气。

偏偏一双儿女大乐小慧年纪还小，不准进赌场，我不放心他们在外乱逛，导游立刻说他可以做免费保姆。见他反常的热心，心想我才不做冤大头，十个进赌场九个输，硬起头皮，全家一起回房，自有上帝保佑，鬼故事怕也是他们编来吓人的。

等到了泰国的帕塔雅，我们学乖了，当导游又在招揽大家去看人妖秀时，我悄悄问了其他先我们而至的旅行团人妖秀值不值得看？几乎都是大摇其头，说是恶心死了。

我不便挡导游财源，只是跟家人说了这情形，于是一家七口集体说是身体不舒服，婉拒参加。导游不死心，还想用群体力量影响我们，说是我们不去，大家摊给司机的车钱就要多付，冒着遭团员唾弃的风险，我们还是说，人妖秀小孩不宜看，决定留在旅馆附近走走。

当团员逐一回来，答案如我预期，不好看！幸好我们没去。但我也没占到便宜，因为我把省下来的钱，全买了手染、民俗艺品。

:: 埃及神殿的星光，只有我看得到

可是，渐渐的，我就忘了这种惨痛教训，领队是自己同地去的，应该会胳膊向内弯，于是，当我到了埃及路克索神殿，为那伟大的建筑着迷时，领队说话啦：晚上在神殿有很精彩的灯光秀，千古难逢的机会，只要25美元，就可以体会星光下的曼妙感觉。当下我就被说动了，甚至鼓吹大家参加。

在广场下了车，昏黄灯光下一列列的马车，好像要搭载灰

姑娘赴宴似的，我兴奋地往神殿走去，这才警觉怎么到处是人，好像全路克索的观光客都在这儿集结。愈走人愈多，没多久，团员就被挤散了，年长的干脆放弃，往回走。我不甘心这样回去，几乎是被推着进入神殿。

灯光开始投射在一尊尊的雕像上，扩音器传出法老的对话，只是说的不是中国话，有听没有懂，同行的妈妈也放弃了，说是黑压压一片，太危险。

我一个人避开人潮，也避开了灯光，只见几十米高的塔门、石柱、雕像……都成了怪兽，好像随时要吞噬我，我则像是逃出桎梏的公主，寻找生路。

远离人群之后，我独自身处黑暗中，尝到了冒险味，却也担心才闹过出走事件的我引起众怒，遂匆匆往回走。幸好，大家只顾着怪领队，也没注意到我晚归。只是，这次之后，我就学乖了。

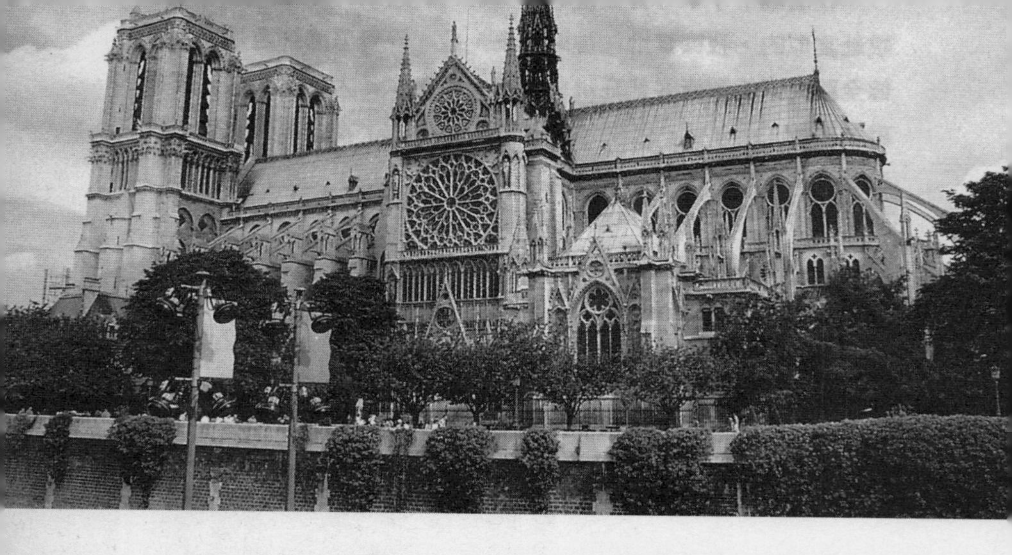

∷ 跟我去逛街，比什么都棒

我两次去巴黎，无论导游、领队甚至团员怎么游说，我都不肯去红磨坊看大腿舞。团员问我，不去红磨坊，晚上不是太无聊了？难道我有什么好去处？

独乐乐不如众乐乐，我透露给其中一位较谈得来的团员，白天去圣母院时，我拿了一张传单，黄昏有一场免费管风琴演奏会，我想去听。

“啊！自己去？还要搭地铁，太可怕了吧！”

“那简单，如果你要去，就跟我一起，我保证把你平安送回旅馆。”

她犹豫不决，又想去红磨坊，又舍不得花钱，最后，拖了另一位同伴跟我走。不巧，出门前下了一场大雨，12月底的寒冬天气，连我都要打退堂鼓了，何必这么辛苦，就去夜总会吧！

同伴看看我，我是骑虎难下了，万一，万一不好听怎么

办？没关系，我就带她们去逛夜晚的香榭丽舍大道。有了腹案，也就放心前往。

5点半的演奏会，已经座无虚席，可是，我还是想办法找到空位入座，短短半小时，聆听大师级的演奏，在最富盛名的圣母院缭绕的乐音中，虽然双脚湿漉漉的，发上还有雨水，却度过回味再三的圣诞节。

因为时间还早，我领她们搭地铁去了香榭丽舍大道。这时，雨也停了，从凯旋门慢慢走向康考特广场，同伴一直不停地说，好棒好棒，这一晚是她来法国最难忘的夜晚，她的眼睛闪了闪，是兴奋的泪光吧！她没有说谢，我却接收到她最大的谢意。

因为，这也是我到巴黎好几个夜晚，最难忘的一个雨夜；我甚至借用这个场景，写了一篇《巴黎的雨夜吻别》的小说。

乱不正经小点子

欧美等国的夜街，多半都是安静的，你又不想早早睡觉，如果领队足以信赖，可以请教他哪儿可以去玩。要不然，问问旅馆的柜台服务人员，或是自己看看当地的旅游资料，也会有意外收获。或是，学学我，白天参观时，多搜集情报，有时还可以听到一些在皇宫、古堡或剧场的音乐会，即使收费，也多半不贵，例如萨尔斯堡的夏天，就有很多机会。

领队撒赖，本姑娘决定开罗出走

只要我决定了去哪儿旅行，出国前，多多少少都会花“一点”时间，读“一些”资料，因为太多读不完，消化不了，很快就会忘掉，也怕受别人观点影响。只要略具常识，就不会像瞎子摸象，更不会被领队耍了。

去埃及前，最想看的不是金字塔（有一点点想啦！），而是当地颇具历史的可汗卡利里大市集：市集内包罗万象，例如铜器市场、香料市场、骆驼市场等，用想的都会兴奋得抓狂。

未料，该去市集的当天早晨，埃及导游卯足劲推介清真寺，我不停催促台湾领队表态，他却爱理不理（原先的领队是我的好友，偏偏出发前出了车祸，我一路上就担心新领队不配合，果然……）。

好不容易离开清真寺，却把我们载往艺品店。全体团员被我一鼓动，索性下车抗议，吵着要去市集。

领队借口时间不早，来不及去可汗卡利里，让游览车驶往早已去过的吉萨。气温超过40℃的中午，埃及人纷纷关闭店门睡午觉，大街冷清清的，去看黄沙滚滚吗？

∷ 单独行动，谁怕谁

领队径自宣布自由活动，12点一刻集合吃午餐。我一瞧手表，已经11点半，下午要搭4点多的飞机赴安曼，时间紧迫，我懒得再跟他理论，决定放弃午餐，自己一个人逛街。

我背着两架相机，霹雳袋内有巨款、护照，自忖虽已有点年纪，但走在吉萨的陌生街道，心里还是有点毛毛的。可是，回头找伴求援，太没面子，只有硬起头皮边祈祷边继续往下走。

沿路商家有织地毯、卖银器的，不断以日语、英语和我搭讪，我都摇头假装听不懂，把墨镜戴上，以掩饰自己的恐惧。

为了躲开商家的恶性推销，我改变路线，穿过小巷，沿运河走向古旧破损的住屋，天真的埃及孩子睁大眼睛，朝我友善地微笑，比手势要我帮他们拍照。

他们的手简直比我按快门的速度还快，整齐划一地伸出来向我要钱，天真无邪的脸蛋，让人不忍拒绝。但我知道，只要给了一个孩子钱，他就会呼朋引伴，几秒钟就会把我围得水泄不通，像圣甲虫把我吃得精光。

我只好狠下心快步离开。

:: 《天方夜谭》埃及版

马车、骡车在我身旁穿梭来去，我四处张望，不知该往哪儿走。就在此时，一位身穿米白长袍的埃及老伯，亲切地问我要帮忙吗？我虽听懂他的简单英语，但怕他是个骗子，不敢做声。

他看看我的相机，又问："你想拍些照片吗？日本人来，都喜欢去阿拉伯市集拍照！"他指指对岸穿阿拉伯传统服装的男女，看起来蛮多人潮的。我立刻心动了，点了点头。

他还蛮有经验的，先领我去参观地毯学校，边为我细心介绍，七八岁的孩子就开始学习搓纱、编织、剪毛，一幅幅彩图都是他们稚嫩的小手织出来的。这时有人上前推销，我一看标价，几乎要昏倒，小小一尺多的地毯就要价新台币四五千元，把我当傻瓜了？吓得我连连摇手，逃回阳光下。

过了一座石桥，穿越满街尘沙，总算到了市集。摊位上摆设的大都是廉价商品，有点像40年前的台湾市场，不同的是到处都有戴面纱、头顶重物的埃及女子，从一间间陈旧的房屋走出，仿佛《天方夜谭》中的神秘女郎。

蔬菜、水果、鱼等上头都布满黑压压的苍蝇，大片骆驼肉血淋淋地披挂着，周围充满恶臭，我却顾不得掩鼻，兴奋地举起相机。

前一天拍摄别的市集时，曾被埃及女人追着打，埃及老伯竟默许地点点头，说我爱拍多少就拍多少。莫非埃及老伯是"地头蛇"？

∷ 门突然关上，吓出我一身冷汗

看手表，已到预定开车时刻，我掉头往回走，埃及老伯却硬把我带进花香四溢的香精店，店主慢吞吞地一瓶瓶拿给我试抹试闻，问我喜欢哪一种香味？我慌忙说没时间了，着急地扭门把要走，玻璃门偏偏锁上了，吓得我全身发软，难道遇上黑店了？

埃及老伯却没为难我，顺手一扭，门倒开了，是我太紧张了吗？

刚庆幸脱离险境，他又带我进了手工艺品店。灯火在我踏进店门的瞬间，顿时辉煌，好像我是什么大金主光临。

喜爱雕刻的我，满眼惊艳，却也不敢露出喜欢的神情，只能假意欣赏把玩。四周大汉个个虎背熊腰，个个虎视眈眈，好像我是市场里待宰的鸽子。看样子，不买一点东西，是脱不了身的。

匆忙间，又找不到零钱，只好付了百元美金，把找回的钱小心塞进霹雳袋。埃及老伯却挨过来，贪婪的眼睛盯着我的霹雳袋，说他任务已经完成，我很上道地塞给他 10 元美金，他却伸手还要，我边挥手说谢谢，边跑向大街。

就在这时，游览车的喇叭声传来，抬头一瞧，车玻璃内是司机、导游和领队三张黑沉沉的大脸。原来，我走后，领队见摆平不了大家，决定换个好地方吃午餐，换条有趣的大街给我们逛，却遍寻不着我。结果大家街没逛成，又怕我出了意外，四处搜寻，谁也无心吃饭。

虽然错不在我，但为了以后的行程还能和平共处，我只好跟大家道歉收场。心里还是窃喜，照我推算，领队这也是缓兵之计，剩下的时间根本不可能逛到什么街的。幸好我出走，幸好我看了不少好风景，幸好我平安无事。

乱不正经小点子

遇到乱改行程的导游或专爱推销土产艺品的领队，你就偶尔消失一下，绝对会把他吓得乖乖的。因为，事后，领队不但送每人一瓶香油，离开埃及那天，还悄悄送了我一个漂亮的盘子，不晓得是要封我嘴，还是谢谢我的出走，让他省了一顿午餐的开销，可以中饱私囊？

随着埃文河，流过基督城

说起来，是我的错，为了跟文文一起去新西兰自助旅行，我就骗她说我会开车，路上可以跟她换手；因为她带的是高龄老母和稚龄外甥同行，一听我这么说，焉有不答应之理。

就这么上路了。结果，我的开车技术差点没把文文吓死。（这是另一段故事了，且按下不表。）而她事事以外甥为重心，逛游乐场、喂天鹅、喂鱼，就可以耗掉老半天，连她老妈觉得无聊的抗议都充耳不闻，遑论是非亲非故的我了。

其实，出国前，她就警告过我，她平常上班累得跟牛一样，出国是要休闲放松的，所以，不可能参观很多景点。而我，喜欢在不同的地方游走，在新西兰北岛，因为是开车，沿途边看边玩倒还好，到了南岛的基督城，每天搭公车进城，东晃西晃漫无目的，我都快疯了。

怎么办呢？按照行程，要在基督城待四天，除了计划中的科克山（Mt. Cook），剩下的时间我要如何打发？

∷ 我知道埃文河的家乡在哪里

站在旅游服务中心外，靠着桥头，阳光正暖，我望着流经整个基督城的埃文河，记起地图上有个地方叫做“Avonhead”，会是埃文河的源头吗?

许多城市是沿着河发迹的，像我成长的暖暖，就有一条暖江。而伦敦有泰晤士河，巴黎有塞纳河，开罗有尼罗河，但是那些河都太壮观，想在短短时间认识她们的“爸妈”，可没那么容易。

而基督城的埃文河，穿过城里最美的哈古雷公园，穿过三十几座桥中最感伤最有历史的回忆桥(第一次世界大战士兵出征时，经过此桥，频频回顾，难舍他们的家园)，在她的河水里，有太多值得寻索的片段，而她出生的秘密，就藏在一座花园里，我要去探究竟吗?

幸好，基督城的公车路线很齐全，不输给四通八达的台北。我按图索骥，在大教堂广场的起站搭了9路车，又跟司机确认了一次，才上车。遇到两个台湾来的小留学生，女生的英文程度较差，怪男生放学都不等她，气得一直哭，她是刚来这儿吗?还是她根本不想来，就被父母送了来?

阳光虽然明亮，风中却透着凉意，小女孩的泪水很快就干了，我却可以清楚看到泪痕。如果她的父母见到这一幕，会心疼吗?还是，面无表情地对她说，要在这个时代生存，就要懂得自力更生。

我在第12站下车，那两个小孩住的地方还很远吧!悄悄地在心里跟他们说了再见，希望那女孩很快地坚强起来，比那

男生还要坚强。

司机好心把我送到梦娜溪的花园门口，4点多，游客不多，我沿着溪流往里走，这是一座相当幽静的花园，溪流就是从绿阴深处开始往下流成了埃文河的。我到得晚了，不然还可以搭乘平底船，欣赏不同于威尼斯的清澈。

挑了一张椅子，刻意让阳光洒在身上，我读了几页书，风过处，漫天花絮飞舞。原来，埃文河自幼接受了这么美丽的养育，所以，她流经之处，也仿佛被仙女点了棒，净是春情荡漾。

难怪基督城的绰号是“花园城市”，这么一座小小的花园，就让我觉得此行不虚。那她的终点呢？

:: 原来埃文河改道流到了这儿

离开花园，运气不错，迎面就是一班9路车，驶往布莱敦海滩，照地图看来，埃文河的出海口就在海滩附近。

公车司机好亲切，帮着乘客把婴儿车挂在车头前挂钩上(这是当地公车的贴心设计)，跟每位上车的乘客闲聊几句，问去哪儿，还跟我们说谢谢。在台北，大概公车都太挤了，上车的人也太匆忙，于是司机也少了这份闲情逸致。

我沿路浏览，努力记住经过之处，担心回头时迷了路。

哇，我看到埃文河了，我也看到海了，它们到底在哪儿交会呢？心急之下，一看是布莱敦海滩的站，匆匆就下了车，站定了，弄清了方向，又四处转了转，才发现，我下车下得太早了。

管他呢！既来之，则欣赏之。我沿着海边走了一小段，男孩女孩在海滩追逐，好像幼年的我跟舅舅在外婆家的海滩嬉耍，而今，他们移居的移居，回天家的回天家，不由感伤起来。

眼看下班车还要半小时才来，天色已经有些昏暗，枯等下去不是办法。于是，安步当车，我沿着埃文河往海边走，遇到慢跑的、骑单车的、遛狗的……他们没有加班，没有补习，也没有在pub消磨，而是在离开密闭空间后，努力贴近大自然。

河面愈来愈宽，仿佛车上哭泣的小女孩，历经千辛万苦，终于蜕变为成熟睿智的跨国总裁。

夕阳在身后送我，远远的，我看见了9路车，很快，我就会回到大教堂广场，我要到中国餐馆吃一顿中国料理，平抚思乡之情……

因为，埃文河是一条思乡的河，是一位来自苏格兰的移民想念家乡的埃文河，而在他定居的基督城为河取了同样的一个名字。

乱不正经小点子

跟朋友结伴出国，最怕的就是每个人的品味不同，想看的名堂差异颇大。勉强自己，适应别人，你痛苦；勉强别人来配合你，你又得看别人脸色。只要你还有一点方向感，你可以带着地图，自己寻找想看的。我在基督城就是这样逛了埃文河的上下游，参观了坎特布里博物馆、航空博物馆，走遍了大街小巷，看了电影，搭了登山缆车……最重要的是，跟朋友也没吵架。每晚回旅馆，还有许多新鲜事可以分享。

Part2 Part2 Part2 Part2 Part2 Part2 Part2 P

完美计划出了问题

Part 2

原以为计划滴水不漏、天衣无缝，只要照计划行走江湖，肯定比神仙还快活，谁知道计划触了礁，简直就像鲸鱼搁浅，谁有能耐把鲸鱼推进水里，悠游去？

异味扑鼻的北京夜快车

嘴里吃着北京全聚德的烤鸭，叶领队突然宣布因为五一劳动节，北京到西安的机位出了问题，必须改搭火车赶赴西安，否则就要牺牲西安的行程。

全团哗然，因为北京到西安有1 206公里，搭火车要花上21小时，而且位子不够，全团还得分成两批。有的人抗议他不走了，年轻的全陪急得要下跪。为了顺利上路，我帮忙打圆场，安慰那些反对的团员，难得尝尝夜快车滋味，还可以一夕间穿越河北、河南、陕西三个省。

他们却顶我一句："出来玩就是要享福的，你爱受罪，我们可不想。"说这话的都是在台湾当老板、老板娘的一批人。

末了，叶领队答应回台湾补偿大家，全陪也保证搭的是软卧，他们才勉强答应，却抢着搭头一班火车走，想到西安先游玩。我们也不跟他们争，就让他们先行，北京的招待员见我们这么配合，又要游览车载我们去北京其他景点玩，晚上还请我们吃大餐。

∷ 挤在车厢里，好像吃隔夜的大锅菜

我们搭的是普快，全列车除硬座、软座、餐车外，只有两节硬卧、一节软卧。我们半带兴奋地拎着行李挤上7：26分的

车子，费尽九牛二虎之力找到自己的铺位，面对又臭又脏又灰黯的车厢，鞋子像踩在苍蝇纸上黏得要命，我们才发现上了北京旅行社的当，这哪是软卧？

叶领队几乎要休克，只好跟我们一直道歉，随团的香港领队小区二话不说，拿了几条香烟就去找列车长疏通去。

硬卧确实硬，只是比一个榻榻米略长的塑胶皮垫，外罩的白布、棉被、枕头全都怪味扑鼻，有人的棉被还有一大滩尿迹，还是湿的。我们的铺位又大多在上铺，东一个西一个，有人想跟陌生人换铺位，也被大声拒绝，我们像是进了“土匪窝”，大气不敢吭，只好乖乖爬到上铺，趴在几乎贴到车厢顶的铺位上呼吸污浊的空气。

我凑着灰蒙灯光写日记，隔邻一个瘦高的青年跟他同伴说：“是日文哪！”我竟被中国人误认为是日本人，正要发火，转念想他可能想找机会跟我攀谈，遂和颜悦色把笔记本递给他看：“我写的是中国字，我是中国人。”

当他知道我们是台湾来的，满脸的羡慕问我们：“台湾——比这儿好吧！你们是公费还是自费？”

原来这位吉林青年是跟药厂同事到西安出差，才有机会顺道旅游，当他知道我们不但是自费，而且有些还是家庭主妇，就一直追问要花多少钱。我怕照实说会吓坏他们，也可能会引人注意，没说出真实数字，但也够他羡慕了，他还说：“我娘一辈子没离开过吉林。”

刚满30的他，已有一个儿子，却写着满脸沧桑，他悻悻地说，再怎么拼命，他能赚的就是那点钱。旁边的人这时也凑了过来，说话的都是一个苍凉调调。他们真的看不到希望吗？

∷ 这真是一个异香扑鼻的夜晚

我们的希望却是走后门换来的，小区找了三个软卧，我们让给年长的婆婆去睡，心想这种硬卧既不能睡，干脆把零食摊开来，玩扑克聊通宵。

算盘打得真是太早了，9点半，列车员绷紧一张脸要我们收起走道小椅子，收走吃食，关窗帘，还要我们闭嘴。我要求开电风扇调节空气，因为我快被闷死了，她却冲我一句："你想冻死啊！"事实上每个人都热得一头汗。

争不出名堂，我这夜猫族只好悄悄撩起窗帘，偷窥外面的世界，只见弦月贴在蓝得发亮的夜空，大地一片辽阔。

浪漫的情调持续不久，我右边上铺的几个大汉大概是睡不舒服，隔几分钟就翻身，每翻一次身就骂："操！这床怎么能睡人？"我担心他一伸手就能摸到我，吓得不敢睡。好不容易眼睛要闭要闭的，却被列车员的聊天声音吵醒。真是只准州官放火，她可以大声说话，我们却得乖乖闭嘴，这什么社会啊？

好不容易挨到5点多，算算应该已进入河南，翻身下床，这才感觉一丝凉意。披上夹克，才走到车厢过道，晃眼火车越过一道大河，地理知识很差的我惊呼："长江啊！"先我一步起来的小区拍拍我的肩说："大姐，是黄河！"

老天，真糗，不过这黄河一点也不黄，带点墨绿。可是还是够我兴奋的了。

6点半，扩音器传来列车员难听的叫起床声，乘客开始走动，彼此的陌生感经过一夜的洗礼，冲淡了不少，边吃早餐边聊天。

车抵洛阳前，老叶、小区相继带回好消息，我们全都可以搬去软卧好好补眠了。可是，我们并不高兴，因为刚跟大伙建立起感情，实在舍不得。临分手，吉林青年邀我一定要到东北去瞧瞧，另一位自助旅行的荷兰女孩跟我交换地址，还有许多不知道名姓的人要跟我们合照……

躺在软绵绵没有尿骚味的铺垫上，窗外的景色改变了，草原、稻田不见踪影，代之而起的是黄土遍野，还有窑洞、土砖屋，我知道，西安就快到了。我真的很感谢北京旅游局出了这么个问题，让我有机会坐了一趟夜快车。而那些识与不识的朋友，还会有机会见面吗？见了面，又会认得吗？

乱不正经小点子

出门旅游，尤其是去内地，难免会出出问题，最好是抱着既来之则安之的态度，说不定会有奇特的遭遇。像当时抢着要先去西安的那批大老板，一路硬卧到了西安。游览车司机坚持不开车，说是要等我们到了才一起玩。结果，他们在车上呆坐枯等了我们6小时。

而能屈能伸的我们，在北京多玩了景点，又多吃了大餐，还睡到了软卧。而且，我深深相信，他们在火车上充满了一肚子的乌烟瘴气，一个朋友也没有交到，煎熬了整整21小时。

怎么穿怎么丑，可是，不穿，能看吗？

我穿衣向来随兴，典型的“吓死人不偿命”。

婚后稍微收敛作怪心态，加了几分女人味，却也不曾变成衣服的奴隶。怪的是出门旅游时，宛若突然罹患了“穿衣恐惧症”，怎么穿都不对劲。

头一回跟舜子游韩日，怕冷的我带了件粉红色大号雪衣，另加厚毛袜、羊毛套装和羊毛卫生衣，层层包裹，冷是不冷了，却像只粉红熊，不小心跌倒在雪地里，几乎站不起身，糗死了！偏偏还是我们结婚7年的二度蜜月，拍出来的照片，我几乎没勇气再看一遍。

另一位女团员截然不同，带了两大箱行头，每天换一套，时而雍容华贵，时而娇俏迷人，连樱花都要逊色三分，合照时我简直怕死站在她的旁边，立刻就把我比下去了。

后来全家去了趟东南亚。为了图个凉快，带了好几套短裤、削肩上衣，结果，在参观寺庙、国王别墅时被挡驾，必须花钱租裙子，跟团员借外套，才能过关。

开放内地探亲后，朋友绘声绘色地说内地落后贫穷，不能穿得太时髦漂亮，以防被抢。

于是，我不但摘除所有项链、戒指，还特地挑选要淘汰的旧衣及灰蓝色裤装，想冒充内地同胞，以“保障性命、钞票之安全”。抵达那儿才发现，自己一张丰润的“富贵脸”，根本骗不了人，结果却成了全团穿着最邋遢的一员。

∷ 教训惨痛，还是美不起来

刚开始到欧洲自助旅行，为了减轻行李重量，接受过来人经验，带的是最“菜”的衣服，好方便穿腻了就扔，再买件新衣替换。又为了担心搭火车时，需要外套当毯子御寒，添购了一件连帽的中长外套，咖啡色调挺耐脏，羊毛质地绝对保暖。

上路后，才发觉自己又上当了！

另外三位同伴，贝蒂穿樱红外套，一路在合照中抢尽风头；雪柔戴了顶红色小帽；莉亚更神气，每天从行李包里拿出的上衣、长裤，都是笔挺的时兴款式。瞧我洗得已褪色又松垮的绿色牛仔裤，还有笨重的咖啡外套，同伴笑我是“一棵倒着走的大树”！

幸好不是只有我不会穿衣，当我们到了奥地利，搭台湾某旅行团的便车游览维也纳，其中两位女团员的衣着更让人抓狂：一位穿了条超短迷你裙，风过处翩翩飞起，她一路就忙着抓裙摆，偏偏脚蹬的是三寸高跟鞋，一扭一摆一弯腰的，引来不少人侧目，似乎就等着看她穿帮。

另一位则更鲜，穿的是半透明的黑纱上衣，珠光宝气、浓妆艳抹，浑身丁当作响的饰物，像是把全部家当都带出门了。她看了我的一身打扮，竟然还讽刺我："你穿这么难看，不怕丢中国人的脸啊！"气得我七窍冒烟。

几次旅行衣着出问题，多少也摸索出心得。再赴湖南张家界游玩时，我虽然是牛仔裤走遍名山，但上半身却搭配了各款鲜艳的红衫，外加一件赛过枫红的红外套，坐在滑竿上，路过的人频呼："新娘子来了！"在团员的黯淡色系中抢足风头，多年来的"委屈"，在刹那间得到了补偿。

而当我访游中东，事先也作了"调查"，晓得那儿无论土地、屋宇、古迹全是沙漠色调，于是挑了桃红衫、桃红唇膏，一身俏丽出发。果不出所料，埃及人瞧我明艳照人，硬是把我的年龄减了10岁，乐得我几乎忘了自己已是两个孩子的妈。

我可以说是积10年之穿衣失败经验，终于克服了"旅行穿衣恐惧症"。

乱不正经小点子

不骗你啦！虽然屡次得到教训，穿衣随性的我，还是常常穿错衣。但是，我现在学聪明了，就是绝不多带衣服出门，也不穿太好的，免得买了新衣，箱子装不下，又舍不得丢旧的。

这几年，我每到一个新的城镇，总会留下一件衣服或鞋子或袜子在旅馆里，不是什么特别仪式，这代表我已经买到心爱的东西了。因为，我总是在还没出国前，就搜集快要丢弃但还可以穿的衣服，以备"一个旅人，遗爱在旅店"。

宁愿丢脸也不愿意摔破脸

从澳洲南部的阿德莱德(Adelaide)搭了将近12小时的夜火车，抵达中部的沙漠城市艾丽斯斯普林斯(Alice Springs)，又在炙热的大太阳下开了470公里的车子，主要目的是要攀登全世界最大的单一岩石——艾亚斯岩(Ayers Rock)。

艾亚斯岩是澳洲原住民的精神力量来源，几千年前他们就在附近活动，至今岩石底部洞穴还留有当初的壁画。为了保护这块区域，除了四周全面禁建外，在1985年将艾亚斯岩和附近的奥尔加山(Mt. Olga)合并为乌卢鲁国家公园(Uluru National Park)。

五六亿岁的艾亚斯岩，周长约9公里，离地高384米，表面却相当平滑，一点不显老态，可是，却苦了我们这些想要征服它的人。若遇天候不佳，尤其是下雨，只能望岩兴叹。可是，天空一片蔚蓝衬托红褐色巨岩美则美矣，却可能在短短几小时内，巨岩就被晒成一块大铁板烧，根本无法立足。

所以，要攀登巨岩，必须赶在太阳起床前。

:: 起个大早，跟巨岩说早安

前一晚，我们已见识过夕阳中的艾亚斯岩，随着阳光的变化而幻化出不同颜色，当然更不愿错过晨曦中的艾亚斯岩。于是，7点左右就到了岩石脚底。没想到，其他的游客更早。

从岩石底部爬到顶端的岩石堆，约有1.6公里路程，最快记录是12分钟爬到顶，一般人保守估计来回要花3小时。老天，岩石上头肯定没有厕所，我一紧张就会肚子痛，只好先到厕所报到。偏偏厕所大排长龙，等我好不容易回到岩石脚下，三位伙伴已全不见踪影。

我只好独自攀登。这时已是7点半了，太阳尚在东边，时间还绰绰有余。我扣妥挡风夹克，套紧帽子、手套，斜背水壶、相机，虽然臃肿而沉重，幸好前300米坡度不大，一步一脚印，踩在天然凹洞里，还算好走。

逐渐陡峭滑溜，难度增加，为了怕我们失足，每隔1米就在岩石中插入一根铁柱，长长的铁链沿着铁柱伸向岩顶。

我向来双腿没力，这下子，身旁又没老公可以撒娇，背包又重，几乎喘不过气来。曾经在万里长城和少女峰顶差点断气的经验，让我不敢逞强，只好紧抓铁链，每走七八根铁柱就停下来休息，等呼吸顺畅了才继续往上攀。

想到一路同甘共苦的伙伴却撒手不管我，心里就有气，幸好一路的陌生人十分友善，不时问我，还可以吗？不要勉强啊！当我看到好几个日本年轻人又说又笑地轻松攀岩，阿公阿妈级的也超过我，背小孩的人也爬得比我快，我更是难过。只好安慰自己，匆匆赶路，很可能错过沿途的美丽，何不利用休息时分拍照、欣赏不同高度的风景，也算另一种收获吧！

沿途有人呕吐，酸馊味让人难受，幸好我没吃早餐，否则会更狼狈。将近500米都是45度斜坡，脚底又没凹洞可以稳住，再加上风大，我几度站不稳，吓得蹲下身子。勉力爬过一处跟身体几乎成90度的垂直坡，坐下来大口喘气，一阵大风吹走了手套，虽然就落在眼前不到1米，我根本不敢去捡，怕自己也被强风吹走。

∷ 要命，还是要绝世美景

好不容易撑到一块较大的平台处，却已经花了我一小时，真丢脸。气温随着太阳升起逐渐升高，不断听到有人问回头的人："还有多远？"答案永远是那么给人盼望："不远，就快到了。"

走吧！别再休息了，一鼓作气，我一定上得去，别这么消极，我跟自己说。不管爬多高，我决定用最笨的方法，每遇凹洞就躲风顺便休息，以免像以前几个游客，为了逞强，结果被风吹落，活活摔死，那才是死得轻如鸿毛呢！

我在凹洞休息时，偶然听到两位外国朋友交谈，说岩石上头只是高高低低的棱线，所谓的顶峰，还在云深不知处。我问自己，非要到顶才是最美吗？到了顶，还不是要往回走？而山顶的意义又是什么？

已过了90分钟，我才爬了一半，大家已开始往下逃避太阳的追逐，我一定要上去吗？已没有助攻的铁链可支撑，风更大，石面又滑，每次站起身要举步，心里就涌起浓稠的不安，好像有人在提醒我别爬了，算了，还是躺在凹洞里欣赏上帝的美丽创造吧！看远处的奥尔加山群聚着30多块的大小岩石，多壮大的家族，不像艾亚斯岩，是个寂寞的单身汉，当旅客一一离去，他又只能跟黄沙、星月和天空，说那几千年来同样的对白。

同伴陆续下来，劝我路程太辛苦，不要登了，艾亚斯岩快成铁板烧。仰望不可期的岩顶，虽然怅惘，又何必死要面子，爬不上就爬不上吧！总比摔得半死不活要好。只要留得这条命在，总会在另一座顶峰讨回光彩。说也奇怪，想通了，心情也轻松了，我竟然是跑下岩的。

乱不正经小点子

如果你胆小，最怕落单，千万记住别随便上厕所，或胡乱跑开，否则就会像我一样，被同伴抛弃，孤军奋战。

另外呢！攀岩或登山，装备一定要轻便，我要不是背包过重，又穿了一件连帽的大外套，笨手笨脚的，也不会爬得这么辛苦。

奉劝你，帽子手套要系紧以免滑落，厚底凹凸鞋可以防滑，还有一双厚棉袜，才不会下山后，大脚趾痛得发黑。当然，水不可少，却别喝得太多，深山岩石顶，你要躲到哪儿嘘嘘呢？爱美的你，更别忘了防晒霜。

巴伐利亚有好东西吗?

旅行似乎就脱不了住和吃，每天好像就在为这两件事烦恼，尤其若不是自己开车，住，更成了首要解决的大事。所以，有些人不喜欢自助旅行，就是担心流落街头。

自助旅行专家总是提醒我们，只要在中午以前抵达，即使是观光胜地，还是可能会租到房子。只是这一招并不是次次管用。

当我和阿亮、阿丽一家离开萨尔斯堡，原拟到因斯布鲁克走走，但他们听说我已经去过，一方面体谅我，一方面这趟旅程主要是要走阿尔卑斯山路，于是，我们搭火车直接越过阿尔卑斯山，朝巴伐利亚（亦即拜恩州）迈进。

∷ 火车载了一群爱唱歌的男女

离开草原，穿越无数山洞，进入德国后，眼前变为一座座的森林，小镇都很安静，只有米滕瓦尔德（Mittenwald）比较热闹，看资料是制造小提琴出名的小镇。接下去的克拉斯（Klais)，上来了好些服装怪异的男女，男的戴绿帽，穿吊带短裤、半统袜，女生则是蓬蓬袖上衣加蓬裙，应该是他们的传统服装。

是去参加谁的喜宴呢？他们一路上都快乐地唱歌，探询之后，才知道他们是去格米许（Garmisch-Partenkirchen，因为是两个区域组成的小镇，所以地名很长，我喜欢称它为格米许）参加该镇700年的庆典。哇！这简直是天上掉下来的喜事，阴错阳差，得来全不费工夫。

等我们提着行李下了火车，发现沿着圣马丁路到楚格峰街，路两边都是人，交通已全面管制，才隐隐觉得不妙，即使我们狠下心想住四星大饭店，车站附近也全部客满。

怎么办呢？旅客服务中心【i】，又远在10分钟路程外。5个人拖着行李沿街找旅馆不太好吧！只好让阿丽和她女儿安安在车站等，我家大乐留下来保护他们，我则和阿亮出发找住处。

四处打听都没人知道【i】在哪儿，我们只好边走边问，真的就像台湾的阿亮寻人，偶尔见到旅馆招牌，我们就进去问有无空房，偏偏我这人还挑剔要找靠河边的。“才有情调。”我跟阿亮说。我看他已经累得说不出话，腿酸口干，几乎中暑，根本懒得理我。

终于找到【i】，却关门大吉，因为是星期天。我们临时换了游览点，我竟然忘了这么重要的事，这下子傻眼了。靠着手上从台湾带来的简图根本不够使用，还好我够冷静，借故换钱，跟附近旅馆要了张地图，这才发现【i】的对面有张大看板，列出该镇所有的旅馆，除了位置图还有照片，是免费使用的。

打电话问遍每一家旅馆，不是贵得离谱，就是已经客满，刚升起的希望又破灭了。只好再换一个方向沿街找，上帝垂怜，总算在马利亚广场附近找到一家叫“小白花”（Eldelweiss）的旅馆，虽然兴奋，我还是要求先看房间。你知道吗？为了他们的厕所，我决定住下，因为从厕所的小窗望出去，就是顶峰还带点白的阿尔卑斯山，想想看，每天可以对着阿尔卑斯山坐马桶，那有多美妙多诗意。

∷ 找到了旅馆后，又是一段奇遇

急忙冲回火车站接人，阿亮不断赞美我多么神勇，靠着一张小地图就在大街小巷间穿梭，一点也不怕生。我却因为听说花车游行两点就要开始，急着要赶回旅馆。偏偏交通管制，计程车也叫不到，我们5人只好拖着行李，走过两旁都是人潮的街道，箱子磨地的刺耳声，引起大家注目，好像他们正在列队欢迎来自台湾的我们，那感觉，太帅了。

安顿好房间，旅馆接待员劝我们别紧张，因为花车刚好会经过他们附近，老天，我们竟然误打误撞地住到了市中心。

路边人群已挤得水泄不通，这难不倒从小挤火车长大的我，我领着他们索性坐在滚烫的马路上，头顶35℃的太阳，管他呢！只要视野辽阔，我可以安心拍照就好。

每辆花车前，都有小男生小女生举牌说明花车所代表的村庄，前后100辆的花车设计都是有关格米许过去的生活方式，例如伐木、划船、炼铁、鞣皮、打猎、绞刑台；甚至也有徒步的，例如农夫、奥运滑雪队（因为1963年该地曾举办冬季奥运，居民深以为傲）、乐队、牛队，每个人的穿着都是村里的传统服饰。

其中最受瞩目的花车是巴伐利亚国王——路德维希二世——的花车，可见他虽然去世多年，仍然深得人民喜爱。

花车游行结束，我们的屁股都快黏在地上了，几乎站不起来，却见到清洁车已经开始出动，沿街洗刷牛羊留下的粪便，怪不得这个小镇能维持得这么漂亮。

到了夜晚，不必我们安排，就已经有精彩热闹的节目等着我们，那就是庆典之中的另一项重头戏——嘉年华晚会！啤酒、猪脚、传统舞蹈……真是意外中的意外。下一次要再遇上，大概要到我的玄孙辈了。

乱不正经小点子

塞翁失马焉知非福，这是我自助旅行当中最深刻的体会。每当我们遇到困难，我几乎很少抱怨，我知道，只要再忍一下下，上帝的祝福就会临到。所以，只要觉得某个点不好玩，不必耽搁，立刻走人，别害怕偶尔改变行程带来的不便，天使总在门后要给你一个大大的“Surprise”！

多年后，临时决定游米滕瓦尔德，果然又是一次惊喜。

多瑙河畔搏单车

到欧洲旅行，最向往的就是碧绿宝石般的广大草原。若能骑着单车，在草原驰骋，微风轻轻拂过发梢，不就可以舞出最美的线条？

当我们到了荷兰，眼见贯穿阿姆斯特丹的运河浓妆淡抹总相宜，凭着我们的双脚根本走不完，遂计划租辆自行车来骑。

可是，不论本地人或观光客的骑车技术皆快如闪电、反应敏捷，我们怎么比得上。硬是冒险骑，大概很快就要到天堂唱“哈利路亚”了。

这么美丽的春天，我们可不愿变成“死”在他乡的季节，因此一致决定，在荷兰绝不骑车。

终于到了淳朴却不失婉约的小镇——梅尔克（Melk），街道简单，居民不多，一般观光客顶多路过，我们却决定留宿，为的就是它的地图上清楚标明一条单车旅游路线，路旁则是无垠的大草原。

满怀希望地到了火车站租车，租金倒不贵，一天45元奥币（约合台币100多元），同伴很快就在仓库里挑妥单车，我却望着高座椅而却步：“拜托，我腿短，没办法骑，有没有矮一点的？”

管理员见我不像骗人，指着角落里一辆小孩骑的粉红色单车，问我可不可以？

管他别人是不是笑我“大人骑小车”，我如获至宝，连声说谢。才离开仓库，就被单车绊了好几跤，眼前又是一大段下坡路，幸好雪柔提议车子用“推”的，我连忙附和，约好在银行碰头。路过的青少年不放过嘲笑我的机会，说：“车是用骑的，不是用推的！”

∷ 我也要驰骋在乡间小路上

她们在银行换钱时，我趁机在银行外空地练车，怎么骑都骑不上去，在水泥地上摔了好几次。路边汽车内有个七八岁的小男孩，起初是“躲”在车窗后偷瞄我练车，末了，终于按捺不住大笑出声。

等雪柔她们出来，跨上车出发，我抓稳车头，右脚一蹬，七歪八扭，“砰”的一声，我撞上了银行的墙壁，银行的职员如箭般冲出来，还以为卡车撞到他们呢！

照这情形下去，若在大马路上骑，来往车辆多，我不被撞死，也会被压成肉饼。情形比我好不到哪里去的雪柔，立刻跟我站在同一阵线，莉亚和贝蒂迫不得已，只得放弃大草原的驰骋，改骑林间小径。

“推”过哈布桥，面前两条路，一是泥巴路，一是柏油路，莉亚说话啦！泥巴土松软有弹性，我尽可以摔个过瘾。于是她们在前缓慢骑，我和雪柔努力练习。

雪柔毕竟年轻，腿又长，摔不到三次，就歪扭上路。

平常我可以倚老卖老，这会儿却不想变成她们的包袱，正式展开“单车肉搏战”。但是，豪情壮志于事无补，单车照样原地画个圆，接着就把我“抛”得老远，我就像洗衣机里的衣物，左搓右揉上冲下洗，摔抛跌不下十几次，老骨头都快散成碎块。雪柔劝我放弃算了，要我在原地等她们回来。

可是，单车是我一路吵着要骑的，我又不是不会，只不过努力唤起沉睡的记忆（小学五年级骑过）罢了。

再坚强的斗志，也禁不起左摔右趴，累得我索性倒卧在青草地上。蓦地，掌心一阵刺疼，我吓得慌忙站起身，脱下手套，只见掌心又是红点，又是白点，灼热感伴随刺痛。“刺藤有毒！”我开始尖叫。急忙在背包中翻找随身携带的万金油，又揉又涂的，不停向上帝祈求，我不能死啊！为单车送命太不值得了。

贝蒂率先付出同情，主动帮我背背包，又好心帮我稳住后座，我终于顺顺当当骑了100多米，莉亚鼓掌叫好，我一分心，龙头一扭，如老鹰展翅般整个人飞出去，担心脸蛋擦伤毁了容，拼命抬头，除了脸，全身同时着地，每个关节都在痛。

∷ 如果落入多瑙河，会不会变成蛇发女妖

骑骑停停的，转入大马路，眼前豁然开朗，一条澄清如镜

的河流在阳光下闪烁，竟是慕名已久的“蓝色多瑙河”。哇！沿着多瑙河畔骑车，该有多少诗情画意啊！肯定让别人羡慕死。

可是，河边小径不过两尺宽，单车龙头只要随便一扭，就会来个“下水典礼”，再也浪漫不起来。

我边骑边祷告，求上帝无论如何要眷顾我这微小的生命，因为不会游泳，附近又无人家，只会“水母漂”的我一旦被车缠住，只有淹死一途。

愈想愈恐怖，不断提醒自己，若真的摔倒，我就朝草地上倒，绝不让自己跌入右边的多瑙河中。

愈紧张，愈会遇到问题。半途出现两位老太太，靠得我好近，我正想警告她们离我远一点，单车却猛往她们身上冲，把她们吓得手忙脚乱，我则更慌。万一她们跌成了脑震荡，我这辈子都赔不完。幸好上帝保佑，千钧一发之际，煞车发生效用，彼此安然无恙。

回到旅馆，我浑身每个关节都在酸痛，几乎登不上楼梯，她们糗我：“到萨尔斯堡还要不要骑车？”

我斩钉截铁地说：要！她们瞪大了眼，简直不敢相信。

乱不正经小点子

我没跌进多瑙河，说起来真是上帝保佑，像我这种三脚猫招式，竟然还敢逞强。身在异乡，一切还是小心为上，万一出了意外，自己受伤是自己倒霉，却拖累了朋友，实在不太好意思。

不过，若不是这次小小的冒险，我大概这辈子都不会有机会在多瑙河畔骑单车，甚至，还大起胆来开汽车上路。

气候宜人的欧洲，差点把我热死

兴高采烈地带着刚考上大学的大乐，与阿亮、阿丽一家赴欧，想到可以逃离台湾的酷暑，忍不住得意扬扬地跟送机的人说：“我到欧洲避暑去了！”

既是避暑，表示欧洲的天气很凉爽，所以，我只穿了一套夏装，其余皆是长袖衫、背心、外套、长裤。

历经十数小时，从台北飞抵维也纳，搭乘机场巴士到了市区，刚踏下巴士，一阵热浪扑面袭来，站在奥地利的阳光下，乖乖隆的冬，我拍拍脑袋，是不是下错站了？这哪儿是我熟悉的维也纳，简直就像到了开罗。

来接我们的小郭说，今年夏天一直这么热，摄氏30好几度，是欧洲300年来最热的夏天，我们恰好躬逢其盛。他怪我怎么不事先打个电话问问。冤枉啊！我看过相关旅游书，奥地利夏天的平均气温是15℃～25℃，而且我上回春天来，冷得我直打哆嗦。

：：胖死总比热死好

无论参观圣史蒂芬教堂、霍夫堡王宫等，我们都被一路烧烤得炙热难当，只有不停吃冰淇淋消暑，管他卡路里多少，胖死总比热死好。

晚上住的是家庭旅馆，没冷气，把所有窗子打开，还是热。因为我们身上穿的全是长袖衫，五个人同睡一间，再开放也不敢把衣服脱了。白天四处逛，地铁、电车也没冷气，因为维也纳不曾这么热过。上回来维也纳，小郭就曾夸口，维也纳看不到一台冷气，由此可证明它的气候有多舒服，这下子可跌破气象人员的眼镜。

阿丽半大箱都是御寒衣物，心里一定暗暗不爽，我惟有默默祈祷，后面几站能够凉风送爽。未料，萨尔斯堡、因斯布鲁克的气温依然高昂，不得已买了几件夏装，拖着派不上用场的行李却不敢抱怨“重”。

进入德国南部阿尔卑斯山路的格米许小城，海拔较高，冬季是滑雪胜地，这下子有救了。结果还是燠热难忍。坐在路边看花车游行，只不过一二十分钟，臀部烫成了铁板烧，我嘴里还得安慰阿亮、阿丽：“安啦！你们带的外套绝对能派上用场，楚格峰一定冷。”

登山前，特地问旅馆服务员，他却说前两天下雨，峰顶冷，必须多穿衣服；今天放晴了，一件背心就足够。我怕这是习惯寒冷的欧洲人标准，还是全副武装上山。

他果真没骗人，走在楚格峰（德国最高峰）未融的雪地与冰河上，在阳光和煦照耀下，长袖上衣加背心就足以御

“凉”，我又多穿了。

∷ 踏破铁鞋觅纸箱

我只好答应他们，到了德国中部的古城史派尔（Spyer），就把冬装寄回台北，以腾空愈来愈重的行李。

旅程第12天，安抵史派尔，依然闷热异常，为了吹冷气，忍痛花大钱住旅馆。结果他们的空调只能送风，开窗睡虽然比较凉快，却得跟满屋子各种小虫共度浪漫仲夏夜。

清早起来，我拎了一大包衣服要去邮局托运，惨的是，邮局没有大纸箱，若分几个小纸箱寄，邮费比要托运的衣服还贵。

于是，我跟阿亮到附近的商店找纸箱，却因为时间太早，商店还没开门，买不到也要不到。眼看快来不及去海德堡游览，只好把行李寄放办事员处，第二天再邮寄。

当我们从海德堡回史派尔，已近黄昏，商店都打烊了，根本要不到纸箱，我近乎发狂地冲往垃圾箱、垃圾堆捡宝，怪只怪他们的垃圾分类做得太好，依然一无所获。

蓦地，瞧见一家新开张的餐厅正在办开幕酒会，心想，他们该有许多空纸箱吧！阿亮英语说得好，打头阵率先去问，等了一刻钟，阿亮拎了一大一小的纸箱满面笑容地出现，餐厅经理还跟着出来客气地说：“如果纸箱大小不适合，还可以再来找我们。”

哇！我真想冲上前抱着这位经理亲几下，还好，我没烧过头，节制了自己的热情。不过，真是大大大的感动，在这无依无靠的异乡，在我们走投无路时。

:: 一路磨出耐寒功夫

越过摩泽尔河，抵达卢森堡，已是第16天，夜凉如水，在街边漫步十分舒畅，双手也不致因为行李太重而抽筋，心情更是轻松不少，这时才算享受到旅行的美妙！

饱尝烤猪脚、德国啤酒大餐后，我们堂堂进入比利时的布鲁塞尔，天地略略变色，细雨霏霏轻抚面庞，气温略微下降，但还算凉快。

可惜好景不常，抵达靠海的布鲁赫（Brugge）时，剧降的气温，让我们快冻僵了。我简直没脸再多看阿亮、阿丽一眼，谁要我捉摸不到欧洲的古怪天气！

荷兰的冷面更加残酷，非把我整死才甘心似的。我们穿着夏装在十几度的天气里行走，是我们已磨炼出耐寒功夫，还是被一路的气候整得麻木了？反正我们都不怕了，已是最后一站，就快回家了！

乱不正经小点子

为了避免再带错衣服，此后出门，我都是带了短袖当内衣，长袖当外衣。遇冷，就把所有衣服往身上穿，天热，就穿短袖，管他是不是奇装异服，只要不再受天气的气就好。同时，行李里一定多带一个轻薄的袋子，万一要托运行李，就不必再满街找纸箱。

孔雀蛤害我回不了巴黎

我爱吃爱买是怎么也改不掉的毛病，只好退而求其次，只吃特别有风味的，只买不太贵又不占体积的，于是，我吃了不少小吃，也逛遍了大小跳蚤市场。

那天下午，在巴黎已经待到第4天了，百货公司东西又贵又不好看，我买不下手，也不想再逛其他的店，况且，我本来就不太喜欢巴黎（如果你迷死巴黎，可别抗议，每个人胃口不同嘛），想着还要陪伙伴去圣心堂，就兴趣缺缺，意兴阑珊。再加上欧洲火车联票还在有效期，就问大家想不想再去附近的城镇走走。

大家不由得想念起4天前经过鲁昂（Rouen）时吃到的孔雀蛤（Moules），还想再去吃一遍，尤其是年年，上回点得太多吃不完，这次要雪耻，所以也投了赞成票。我心里暗喜，因为上回在鲁昂买的鞋子出了问题，我刚好可以去换，我家女儿小慧则觉得那儿的东西比巴黎便宜，于是大家都没异议。

说起来，鲁昂有名因为是法国第四大港，又出了小说家福楼拜，再加上圣女贞德是在旧市场的广场被处火刑，所以，我们当初才会在那儿落脚。这下子吸引我们的全不是这些因素，似乎有些惭愧。不过，旅行嘛！何必看得这么严肃，开心就好。

:: 孔雀蛤啊！多少人因你而疯狂

一小时的火车车程很快地又回到鲁昂，因为路已熟悉，大伙立刻沿着火车站前的贞德大道，往大钟楼附近的商店区行动，约好见面时间，各分东西在商店打烊前采购。

其实也该怪我，因为是自助旅行，前半段行程我严格限制他们买东西，怕行李太多，阻碍了动力。所以，我最常说的一句话就是："到巴黎一定还会有大减价，我一定让你们买个过瘾。"结果，巴黎的打折期已过，橱窗里展示的大都是秋季新商品；还好鲁昂，至少还看得到不少清仓大拍卖的东西。

买到每个人两手挂满购物袋，商店陆续打烊，我们就往旧市场去寻找曾经去过的孔雀蛤之家。

我跟孔雀蛤是在比利时布鲁塞尔最早建立感情的，之后在布鲁日、法国的狄南都尝过，就爱上了这种既便宜又美味的海产。前几天来鲁昂也是误打误撞，因为人多意见多，始终决定不了吃什么，无意间看到露天有许多人围桌大啖孔雀蛤，就问这些食客，好吃吗？他们都跟我竖起大拇指。

果然好吃，基本锅是一公斤的孔雀蛤加一盆的炸薯条，48法郎（约合台币240元）；其他还有各种做法，例如乳酪、大蒜白酒、奶油，还有合并其他配料的海鲜孔雀蛤餐、龙虾孔雀蛤餐等，都怪我们贪心，每个人都点了大锅，结果都吃不完，好可惜。

所以，这回我们已经商量好，都点半锅的，然后是不同口味的，这样才能尝尽所有的孔雀蛤。中餐就没吃的年年，更是摩拳擦掌，准备点大锅的大快朵颐。

谁知道，到了店门口，原本食客满盈的空地，桌椅全都叠起来了，难道是已经打烊了？不可能啊！那是公休吗？星期三啊！怎么会？！

瞎猜不是办法，我干脆进店里问，他讲了半天法语，听不太懂，大概是说他们今天没卖，就是没卖，大家的脸上写满了失望。

∷ 装满一肚子的失望，不愿离去

都快饿死了，怎么办？回巴黎吃吗？没人撑得住了。只好在路边选了一家餐厅，只是他没有英文菜单，其他桌的客人又不会说英语，我们只好比手画脚问他每一道菜是牛是鸡是鱼。隔桌的客人看我们又说又写又表演，声效俱佳，笑得前仰后合。

没想到，点了半天，最饿的年年竟然点的是乳酪拼盘，吃得他快吐了，肚子还是咕咕叫。就这么笑笑闹闹地吃完一顿饭，老板还热情地说要跟我们合照。折腾半天，离开餐厅，已经快8点了。

走到火车站，查看班次时间，完蛋，已经没车了，最后一班车刚刚开走。我又忘了，不对，我们又忘了事先看火车时刻表，这是国内线，不是国际线，所以没有夜车。

巴黎的旅馆虽不顶好，可也是花了钱订的，这下子回不去，怎么办？幸好飞机是下午的，否则真的完蛋了。搭计程车，我们是6个人，要分两辆，车费太贵了，那就在火车站待一夜吧！天亮搭头班车。

算盘打得太如意，因为火车站准备打烊，请我们全部离开。啊！要流落街头了。我作决定，大家都累了，干脆找家旅馆，订一个房间，大家凑合着过一夜吧！我们想凑合，人家旅馆不想凑合，管他是三颗星的，或是没星的，都说我们一定要订三间房才行，真没人情味。

遂想回到之前在鲁昂住过的那家旅馆，老板认得我们，应该会算便宜一点。结果，老板不在，另一位女士还是没得商量，都12点了，大家又热又累，只好忍痛刷卡付费（一间双人房150法郎）。

∷ 火车要开了，还睡！

接下来问题又来了，大家都没闹钟，万一睡过头怎么办？不会啦！他们安慰我不要穷紧张，他们自然会醒。我还是担心，就把枕头竖起，半坐半躺，这样睡不舒服，我一定会惊醒。还是不放心，我跟上帝祷告，一定要派天使叫醒我们，否则巴黎的行李还没整理，赶不上飞机就惨了。

很快地睡着了，没有一个人起床，向来赖床的我，莫名其妙突然坐起来，一看手表，我的妈呀！5：15了，而我们的火车是5：50的，我吓得尖叫，立刻冲出去拍响每间房，回头抓了背包就往外冲。

冲上月台，正好5：45，还来得及，回头顺口问，大家的护照、钞票、眼镜有没有带。小为呆在那里，他的护照还在枕头下，我真给他打败了，这种节骨眼，东西都该随身带啊！已没时间骂他了，只好要年年赶快陪他回去拿，就在这时，扩音器传来火车误点的消息，我松了一口气，感谢上帝，你帮我们挡住了火车。

乱不正经小点子

贪吃，总是要付出代价的。如果你的交通工具是火车等定时班次，一定要先查好回程班车时间，免得像我们损失惨重。

去过的地方，无论是餐厅、服饰店、旅馆都要记得拿名片，万一忘了什么东西，或是还要再去，至少可以打电话确定一下有没有开门？像我在西班牙马罗卡岛旅行时，同行的扬扬也是掉了护照，幸好我们有旅馆名片，一家家打去问，确定在前一站的旅馆里有人捡到，不致浪费时间，顺利取回。

Part3 Part3 Part3 Part3 Part3 Part3 Part3 Pa

迷路了，遇见天使

Part 3

我这个人从小就有方向感，
到哪儿都不会迷路，
就算迷路也不会大哭大叫找妈妈。
到了国外，这本领更让人佩服，
看起地图来，更是轻松自如
——谁知道,我却在自己的骄傲上头摔了跤，
所有的辉煌记录全毁了。
若不是上帝垂怜，派了天使来，
后果不堪想像。

天使唤醒不来梅的早晨

每趟自助旅行，习惯尝试各种不同的交通工具；当我们离开荷兰的马斯特里赫特(Maastricht)经列日(Liége)，赴德国的不来梅（Bremen），搭的是卧铺，6个人一间，上下铺，实在很拥挤。

幸好白天在马斯特里赫特走了超量的路，大伙很快就睡着了，惟有神经质的我，既担心睡过站，又怕遇抢或偷（卧铺的门不能上锁，我最年长，觉得有保护大家的责任），不断翻身，起码换了几十种姿势吧，醒醒睡睡的，直到凌晨3点多，才勉强睡着。

结果，我担心睡过头是多此一举，因为5点多就被服务员叫醒。我们蜻蜓点水式地简单梳洗，很顺利地下车，背着包包走在不来梅的清晨街道上。

星期日的清晨，周末狂欢的人跟着大地都在昏睡，没有一家店铺是开的，包括火车站里的贩卖部也没营业。看看手里的地图，市中心离中央车站才500米，闭着眼睛都走得到。

大伙商量着吃个早餐，先看不来梅三大象征——旧市政厅、动物音乐队纪念像、罗兰雕像，再逛逛洋溢15世纪风格的须诺尔老街，顶多两小时，就可以完成“到此一游”的任务，中午以前就能赶到下一站——哈默尔恩（Hameln）。

∷ 就像爱丽丝梦游迷幻仙境

万万没料到，浓雾弥漫中，看似一条笔直的路，却没一个人抓得准，等发现走错路，连最有方向感的我，也昏了头。一方面是没睡饱，一方面我已经厌烦了都是我在找路，索性跟着大家一直转圈子。

书上说，只要穿过被水壕沟围绕的小岛公园，就可以到旧市区。可是，为什么我们绕了又绕，就是离不开小岛？

因为是星期天，没人上班，当然也就没人可问路。好不容易见到一个宿醉未醒的醉汉，他跟我们比画了半天，我们却被弄得更糊涂，照他所说的方向走了约莫十几分钟，似乎愈离愈远。

远远瞧见一个送报的女孩，她一定熟悉附近区域，兴奋地冲上前，她却吓得拼命摇头，转身就走，大概是听不懂我们的英语。

怎么办呢？时间已过了一个多小时，我们犹在原地打转，

雾也没散，除了水壕沟内戏耍的鸭子，根本没人理我们。肚子开始饿了，心头像是也罩了一层雾。

怨怼开始出现了，怪谁坚持要来不来梅，怪谁一出车站就弄错方向。我说我好困，你们睡饱了继续吵吧！我要在公园的椅子上休息片刻，享受不来梅的早晨。

就在这时，有一位骑单车的女士出现了，有过吓走路人的前例，我们犹豫着要不要上前求助；她却好像看出我们的困境，直直朝我们骑来。她一开口，说的是我们能懂的英语，简直就像上帝派来的外交天使。

∷ 遇到会说英语的天使

当她知道我们找不到路，热心地说要领我们前去，因为她真的是专为帮助我们来的。

说来真是奇妙，当天早上，她照平常一样正在灵修、祷告，就听到一个声音叫她出去。她想，星期天耶，那么早，大家都在睡觉，会有什么事呢？可是，叫她出去的声音愈来愈迫切，她就想，会是有人遇到困难需要她的帮助吗？于是，她抱着试试看的心态，骑了车出门。

当她一眼看到我们的时候，就知道是我们在等待她的救援。我们边走边聊，才知道她以前曾在电视公司当记者，所以英语不错；还有呢，她也是个作家，知道我在寻找题材，干脆好人做到底，把我们领去旧市政厅，一一介绍各个景点。知道我们饥肠辘辘，顺便又推荐了几家早餐店，也指引了去老街的方向。

我们挥手跟她道别时，雾也渐渐散了，不来梅伸了个懒腰，慢慢醒了过来。真是感谢上帝，他总在我们最需要的时候，差派天使来到我们身边。

乱不正经小点子

迷路的时候，最忌讳自乱阵脚。如果是结伴同行，千万不要东怪西怪的，坏了彼此感情；若是独自旅行，先冷静下来，寻求帮助。

要不然，干脆就地找个地方，休息休息，看看书，写写笔记，吃点东西，可别把时间浪费在生气、埋怨，或是四处乱窜上头。

沿着北爱尔兰海边找古堡

搭船到了北爱尔兰的波特拉什港（Portrush），忽晴忽雨间，游历了名声显赫的巨人堤岸，却在回程途中，瞄到了孤立海岸悬崖边摇摇欲坠的古堡——邓卢斯堡（Dunluce）；心想1 400多岁的他，一定很寂寞，遂计划着第二天探访他老人家。

北爱尔兰真爱下雨，跟伦敦真像，一早起来就湿漉漉的，坏了兴致。冒险心没我那么大的老项和她女儿小冉，还有我那宝贝女儿小慧，开始犹豫不决，碎碎念着要我打消主意。

我没吭声，冒雨沿着马路走了一小段路，心里拼命祷告雨快停啊，我千里迢迢来这儿，下次不知道有没有机会来，拜托这雨给我一点面子，停吧！雨就停了。可是，才高兴两分钟，等我们进加油站买了地图出来，天呀！雨势倾盆，比刚刚还恐怖，四人之中，只有我带了雨衣，这样子淋下去，远在海的另一边的古堡还没走到，他们就跟冰淇淋一般融化了。

乖乖打道回府，顺便把行李整理一下，把湿衣服晾起来。我坐在卧室窗口，邓卢斯堡就在前方，仿佛正在召唤我，我能不去吗？况且，建于500年的邓卢斯堡，是爱尔兰最美最浪漫的古堡，虽然因为战火只剩下断垣残壁，但却有一堆玄秘传言。

∷ 遥望奇幻古堡，忍不住蠢蠢欲动

我这么一鼓吹，再加上旅馆主人告诉我们，沿海滩走比较近，况且雨势又小了不少，伙伴们同情我对古堡的痴心，花了那么贵的船票来，却没什么可以报道，勉为其难点了头。

这回我们是全副武装上场，沿着沙滩走确实比较近，很快就缩短了跟古堡的距离。

只是，这天气着实怪异，明明太阳当空照，偏又下起雨来。我有先见之明，穿的是北爱买的高级雨衣，任凭风狂雨骤，照样稳稳地踏在沙滩上。她们则裹着35元一件的黄色轻便雨衣，好像刚刚登陆的外星人，摸不清方向，跌跌撞撞的，煞是有趣。

大雨像一群杀手在我们后头猛追，我们干脆顺风小跑，速度是快了不少，但是雨夹带着海沙，打在裸露的肌肤上，就跟几千只蚂蚁在爬似的。不一会儿，风向改变，一行行一列列的海沙，成了腰肢乱扭的肚皮舞娘，在我们前头尽兴演出，仿佛是我们的前导辣妹舞团；海浪在我们左侧不停翻滚，像长发的美人鱼表演水上芭蕾，这一路的辛苦多了几分趣味。

到了白石沙滩，海沙是少见的白，海水清澈湛蓝，天，就这么晴了。年轻的情侣观海，老夫老妻携手散步，稚龄幼童跟小狗在海滩追逐，多了几分人气，也让我们壮了几分胆，确定没有走错方向。

转了个弯，沙滩戛然而止，眼前是一丛丛的芒草和乱石堆，我们分成两组找出路，证实已经没路可通到海滩，即使邓卢斯古堡就在下两个转弯处，我们却无法跨越。

∷ 北爱的天气就像变形虫

不得已，沿小径往高处走上马路，离出发已过了两小时，又湿又冷的，肚子也饿了，翻出冷冷干干的三明治，老项兴致勃勃地把我们沦落街头啃干粮的窘像拍了下来。

我们彼此安慰，即使没到古堡，这一路的探险也蛮有趣的。

吃完了，背包轻了一些，准备上路。哪想到，风和日丽的美妙天气，竟又被大雨破坏了，真是会整人的北爱天气，跟变形虫一样善变。怎么办？已经有点吃不消，如果有车子坐多好！

就在此时，有一辆漂亮的轿车从附近的观光饭店驶出来，司机是一位年轻的帅哥，看样子挺亲切的，管他，拦拦看吧！我连忙招手，老项直说不好意思啦！小冉跟小慧却说，没想到北爱也有帅哥耶！帅哥已把车停了下来。

我们七嘴八舌抢着说，我们要去邓卢斯堡，可是雨这么大，他可不可以载我们一程？他立刻说："Sure! The weather is terrible。"都怪这天气不好，害我们走得如此辛苦。

两位辣妹忙着跟帅哥攀谈，两位老妈则关心路有多远。原来他是住在当地的北爱尔兰人，不是观光客，这下子，我们更爱北爱了，蛮有人情味的。

我们正在幻想他会不会邀我们去他家坐坐，转了两个弯就到了古堡，还没来得及跟他多挖一点宝呢。雨，也在这时停了，辣妹的罗曼史无疾而终。

古堡垮了一大片，整修时曾有工人落海，种种传说，使他带着一种苍凉美，走在荒草断壁中，深觉没有白淋这场雨。

游完古堡，打算回返波特拉升港时，又是一场大雨，时间已晚，巴士也没了，只好又用拦车的办法。这回运气大大不佳，拦了很久，大概都是远地的游客，缺乏人情味，我们手都举酸了，却没有一辆车肯停。我们只好安步当车，欣赏沿途田野风光，牛群结队回家的奇景，开了城市孩子的眼界。

风愈来愈大，气温开始降低，似乎又要下雨了，不甘心就此放弃的小慧，一步一回首，竟然拦到一位中年女士的车，她住在北爱的首府贝尔法斯特（Belfast），还说这种七八月的天气很不寻常，平时大约五六月的雨较多。

若不是这场雨，我们不会遇到两位可爱的北爱朋友，也加深了我再访北爱的心。

乱不正经小点子

在英国，我们头一回尝试搭顺风车。因为我们不是形单影只，不用担心遇到抢劫。但缺点是，我们人多，一般的轿车很少有四个空位，所以，很难拦到车子。而我们又不敢分批走。不过，却也有了不同的奇遇，挺有意思的。于是，到了威尔士，我们又“故技重施”。

罗托鲁阿笑迎女王

新西兰北岛的中部，有个著名的温泉都市——罗托鲁阿(Rotorua)，类似阳明山，有许多的地热奇观；更特别的是，保留了很多新西兰原住民毛利人的村庄、教堂和手工艺品，又有美丽的自然风光，以及优雅的湖水，很适合度假。

我和文文开车由奥克兰进入这个城镇，虽然已接近黄昏，还是嗅出了它的平易近人，刚好下了一阵雨，连空气都带着青草的香味。

我们特别选了湖边的露营区住，夜晚上床前，我读完相关资料，准备第二天参观毛利文化外，还要到相隔16公里的温泉区——地狱谷（Tikitere），跟北投的地狱谷比较看看，谁更像地狱。

一切都照计划进行，甚至连下一站惠灵顿到皮克顿的船票也买好了，好整以暇地坐在湖边欣赏天鹅。

太阳实在太大，脑袋混沌，想不出跟黑天鹅有关的童话故事，照片也拍了一卷多，再不去地狱谷，时间就晚了。

可是，文文跟我的目的不同，她是来休假的，不像我喜欢到处乱走。眼见太阳这么大，她不太想动，因为只有她会开

车，我只好一直等，等到她终于想离开湖滨公园。

∷ 终于要向地狱谷前进

照着地图指示，最多20分钟就可以到地狱谷，谷里转一圈，也不过一小时，就可以再回罗托鲁阿市区看天鹅。

不晓得是不是文文意兴阑珊，还是我也有些心浮气躁，地图是有看没有懂，转了几圈，又回到原点；换个方向再开，还是在绕圈圈；换一条路，结果也是一样。转了40多分钟迷宫，文文逐渐失去耐性，冷冷地说："找个地方休息一下再说。"

虽然我知道这一休息，很可能代表去不成地狱谷，那有什么办法呢？谁要我自己不争气，跟文文说我会开车，结果在奥克兰差点被大卡车撞烂，我只好心不甘情不愿地随着文文开回市区。

又是绕了好久，才找到停车位，隔街的林阴大道两旁，站了不少人，有学生、主妇，甚至附近餐厅的厨师穿了一身雪白、顶着帽子，也在路边凑热闹。他们在做什么？是什么庆典吗？

反正去不了地狱谷，看看热闹也好。我们匆忙下车后，也跟着当地人站在路边，我好奇地问他们在做什么。他们挥着小旗子说："等女王！"

哪一位女王呢？我赶忙要找相机，还没调好焦距，就看到车队出现，连眼睛都不敢眨，只见大家拼命挥旗，相机快门还没按下，女王的座车倏地就开过去了，那么近，就像画片里看到的人，不过笑容是熟悉的。我呆了好几秒，不相信自己所看到的，直到人群渐散，我知道，高潮戏结束了。

:: 花明总在柳暗后出现

我当初去白金汉宫等了半天也没见着，没想到，竟然在遥远的新西兰，亲眼看到——英国女王伊丽莎白。

她是来罗托鲁阿做亲善访问的，原来，我们刚刚绕了半天出不去，是上帝知道我这人喜欢新奇事，透过文文，想尽办法要把我们拦住，让我们先见了女王再说。

之后，说也奇怪，一下子就开车找到路，20分钟后顺利见到了地狱谷的真面目。

这以后，每次遇到困难或是迷路，我不再生气或发牢骚，我知道，花明总在柳暗后，眼前暂时的困顿，就像午后乌云，很快就会散去。

乱不正经小点子

自己不会开车，就只有乖乖跟着会开车的人走；自己不会认路，也只有乖乖跟着别人的脚踪行。于是，很多年后，我到了德国黑森林，我终于可以坐上驾驶座，从黑森林玩到法国的普罗旺斯。与其抱怨别人牵着你的鼻子，不如自己争气点，练车考驾照，放胆上路旅行去。

灰头土脸沙漠行车

到欧洲自助旅行，我大都搭火车，而去澳洲那次，因为以摄影为主要目的，汽车遂成了交通工具。

从悉尼到阿德莱德全系柏油路，风驰电掣，好不神气！可是抵达澳洲中部所谓的红心区，虽然大部分路况不错，但仍有少数风景点是泥巴或石子路，甚至还要越沙涉水碾过石地，所以在艾丽斯斯普林斯市，特地花大钱租了一辆四轮传动的吉普车。

欣赏了全世界最大的岩石——艾亚斯岩——之后，我们刻意选择一条尚未铺设完工的道路回艾丽斯斯普林斯，巴望着路上能拍到摄影杰作。

参考地图标示和旅游书的介绍，发现半途有个棕榈谷，在两万年前是个热带雨林，有鳄鱼、鸵鸟等出没，而今则是拥有几百种珍奇植物的国家公园，应该是处世外桃源，心动之余决定探个小险。

:: 颠簸路后是片大沙漠

驶离尘土飞扬的红土主要道路，路标明示尚有21公里才能抵达棕榈谷，大约30分钟的车程，不远嘛！我正准备打个盹，瞌睡虫就被高低不平、坑洞无数的路面给颠跑了，脑袋更是不断地撞击车顶，万一脑袋开了花可不好玩，后座的我们慌忙系上安全带“防震”。

在不断的惊呼和弹跳之中，骨头几乎移位，肠胃也快黏在一堆，开车的阿元还得在岩石土壤间寻索不明显的路径，四个人都睁大眼睛，全面备战，深怕一个闪失，就落了河。

眼前突然出现一大片软质沙地，中央有两道车辆碾过的明显凹痕，驾车的阿元不假思索地冲了过去，因为沙地对四轮传动的吉普车来说，简直就是小事一桩。没想到，不过两秒钟，我们竟陷在沙里，无法前进。领队林大师急喊：“倒车！”却只听到车轮空转的声音，怎么也倒不出去，彻底“轮”陷了。

连忙下车察看，才发现引擎发动时前轮纹风不动，难怪使不上力。林大师气得抱怨这辆车又贵又差，早知道该租另一个牌子的。

骂归骂、气归气，问题总要解决，否则陷在这荒郊野外，不被野狼吃掉，摄氏40多度的气温也会把我们活活晒成人干。

曾在修车厂待过的阿元绞尽脑汁、摸遍每样开关，都无法让前轮发挥作用；英文顶尖的辛蒂也详阅车内说明，亲自操作，前轮仍无动于衷。试过用石头垫高后轮，可是后轮却陷得更深；想用树干以杠杆原理抬起车子，车身、车轮却分了家……林大师判断是因为底盘进沙而阻碍前进，趴在炙热的沙地扒沙，扒得灰头土脸，依然无济于事。

∷ 是冒险突围，还是坐以待焦

正是午后2点多最酷热时分，我这才尝到澳洲特产——毒辣阳光——的滋味，隔着牛仔裤仍觉阵阵刺痛。明知无效，却又不便“游手好闲”，不停来回搬石块，脑袋热得发昏，两眼昏花，双脚在沙地里拔进拔出的也发了酸。幸好信心还没被晒死，边搬石块边祈祷上帝赐下奇迹。

林大师觉得愧对大家，把我们带到危险边缘，懊恼地说，只要能脱困，他要立刻离开这个可怕的地方，再也不到沙漠探险了。

虽然大伙个个面色凝重，仿佛世界末日，我却挺乐观的，万一脱不了困，不远处有个小水潭，水虽浊，至少我们还渴不死。而且啊，沙地旁恰好有棵大树，我们每隔两三分钟就能躲到树阴下纳凉、喝水、喘气、

降温，真该感谢上帝，我们尚未完全陷入绝境。

时间一分一秒地过去，愈来愈热。这时已过旅游旺季，又值星期一，怎么可能会有游客经过？信心即将融化之际，隐约见到前方有铁皮屋的反光，还听到小孩唱歌，与其守株待援兵，不如主动求援。顾不了自己能否撑得过一无遮蔽的沙漠而在半途暴毙，我坚持不愿坐以待毙，邀辛蒂同行。

林大师见阻拦不了，而他又没有更好的方法，遂答应再试最后一次车！如果车子仍然不动，我们两个女生就出发。

正在推车时，后方传来车声，救星适时出现，那是辆中型吉普车，车身漆着我们预定下榻的汽车旅馆名字，我们乐得要抓狂，偏偏双脚陷在沙里跑不快。辛蒂上前解释我们的困境，我悄悄数了数下车的彪形大汉，一、二、三……七，多吉利，莫非是上帝派来的天兵天将！

:: 千怪万怪就怪自己粗心

他们检查了车子，忍不住笑起来，问我们是否开过吉普车，有没有读过说明。有位年轻男生指着前轮半开玩笑说："你们根本没有切换开关，四轮当然不能传动，神仙来开也会陷在沙里。”

原来是我们不了解这车，不知道开关在前轮轮轴处，还以为如同在台湾开过的车是由车内控制。老天，我们一个个红了脸，半是艳阳晒的，半是羞窘，竟然如此大意就驶入沙漠地。

合力把吉普车推出沙地，切换开关后，前轮即刻转动顺畅。挥手和他们道谢道再见，林大师却忘了“誓言”，改口说：“费尽九牛二虎之力，怎么可以放弃？我们继续前进，让这部车好好秀一秀。”

我心中暗喜，这正合我意，不入棕榈谷，焉得棕榈谷之美！果然，过河、爬坡、碾石、飞沙……畅行无阻，而棕榈树也开始摇曳在红河谷之间。经过入口处，我们发现原先瞧见的发光屋顶只是个空无一人的工棚，好险！我捏了几把冷汗。

棕榈谷没有想像中的美艳动人，我们却差点为“她”变成沙漠冤魂。回家第一件事，就是找出快要发霉的驾照，勤练开车去。

乱不正经小点子

租车旅行，虽然方便，可是所租的车子，往往性能不熟，最好先试开一段路，同时要带着紧急联络电话。像我在德国黑森林开车，因为是手排，不太敢开，宁愿损失一天行程，把车开回去换成自排，后来证明这是明智之举。

天将降黑幕于威尔士

我跟老项带着各自的女儿小慧、小冉来到北威尔士，住的是海边小城兰迪德诺（Llandudno），阳光普照，整个天都是蓝的，海边坐了一排排晒太阳的老人家，有些懒散。想要让自己神采飞扬一些，于是选了兰贝里斯（Llanberis）搭登山火车上史诺顿山，如果天气好，我们就可以用肉眼远眺对岸爱尔兰的都柏林风光。

小型巴士载着我们经过好几个美丽的小镇，终于来到兰贝里斯，起初的霏霏细雨，却变成滂沱大雨，更夸张的是，上山的小火车座位有限，还得先缴1美金预定。算算等车的人数，我们只能搭到两点半的火车。

更惨的是，抢不到视野好的第一排，只好坐在最后面的位子。等车开了，才知道我们坐的是头，就在列车长后面，可以清楚听到大胡子列车长介绍沿路风光，还有他说的许多典故，譬如许多年前有人在岩石中发现贝壳和鱼的化石，当地也曾火山爆发过。

兴致虽高，山顶的天气却是一塌糊涂，雾茫茫地伸手不见五指，什么也看不到，又快冻僵人，坐了40分钟上山，还得等30分钟才能原车下山。偏偏下山火车弄错车时，耽误了许多时间，等我们冲下车，4点49分的巴士早已走得无影无踪，下一班还需要再等3小时。

∷ 愈走愈荒凉，心里不禁发毛

原地发呆，不如往前行，也许有别的车可以搭。我的建议被接受了，遂跳上96路车，谁知道，开没几站，司机就说已到终点，要我们下车。回头也是段距离，干脆边往前走到下一站，欣赏威尔士的乡野风光，边等待下一班车的来到，这样也不会太无聊。

谁知道荒郊野外的，两站之间距离甚远，一小时过后，我们仍然身处荒野之中，除了牛羊，不见人迹，唱着《小小羊儿要回家》，心却轻松不起来。6点多了，天虽未黑，但四顾无人，虽然我跟老项已有点年纪，但两个女儿小慧小冉可是美丽可人，万一半路遇到劫财劫色的，我们手无寸铁，喊破嗓子也没人听得到，那可怎么办？

既然在北爱尔兰搭过顺风车，何不如法炮制？可是，我们想拦车，却辆辆客满，有些人还故意逗我们，减速下来朝我们挥手，等我们要上前询问时，却呼啸而去。

也不怪别人没爱心，我们四个东方女子，人多势众，他们也怕被我们抢劫啊！我只能跟大家道歉，不该贸然离开兰贝里斯，幸好她们已经累得没力气说话，心里各自祈祷上帝了。

不知道走了多久，腿酸腰痛间，蓦地，一辆小货车减速靠边，我眼尖，瞧见车里坐的是几个皮肤黝黑的彪形大汉，心头一凉，这不是羊入虎口吗？明天英国报纸就会大篇幅报道，四个台湾来的观光客被分尸抛弃在荒野的新闻。

我们会变成英国报纸的头条新闻吗？

老项却催我快上车，别人已经停车了，不坐不好意思。小慧小冉也说，是嘛！别把人家想那么坏。边说，她们三个人拼命往车里跑，根本不理我的劝阻。我才不敢一个人在这条空荡荡的马路走，不得不硬起头皮跟上去，边在心中祷告，求上帝保佑我们别遇上歹徒。

车上的几个男人是筑路工人，满身油渍，是有点像电影里演的歹徒，我肌肉绷紧地盯着他们的一举一动，如果有任何危险，我一定第一个跳车。

他们很努力地想跟我们沟通，只是一口威尔士腔英语，连身为英文老师的老项都听不太懂，但至少感觉得出他们没有恶意。

当他们终于弄懂我们的去处后，特意将我们送到邻近的巴士站。挥手道谢跟他们分别时，我不由暗骂自己以小人心度君子腹。

乱不正经小点子

这样的好心人，在台湾会有吗？在其他地方会有吗？

如果你想搭顺风车，不是每个国家都可以搭的，还是小心为上。

为了报答这些有爱心的异乡朋友，当我在新西兰旅游时，就曾经载过一个自助旅行者，但是因为我们一车都是老弱妇孺，还是有点怕怕的。所以，如果你觉得不对劲，或怀疑自己的能力，就不要随便搭载别人。

三更半夜谁在敲我车窗

我们头一回租车游欧洲，在德国温泉区巴登巴登（Baden-Baden）租妥车，心想反正有车，方便得很，东玩西逛的，接近黄昏再找住处不迟。运气真差，已经是秋天了，早过了观光季，竟然家家客满，这现象透着玄虚。我们花了个把小时，把镇绕了好几圈，一家家问，便宜的，客满了；贵的，又不甘愿住，总算在郊外两公里处找到一家民宿。

略事收拾打点，也不过7点多，上床睡觉好像对不起几万块的旅费，干脆再回市区，瞧瞧有什么好吃的、好玩的。结果，所有的店铺都打烊了，也好，少花一点钱买东西。照我平常的经验，只要朝人多的地方走，自然会有新发现。

走啊走的，听到了热闹的乐音，循着音乐走去，就到了一座豪华的私人花园，除了展示当地的手工艺品，一个个白色帐篷下是附近极富盛名的餐厅外卖，或站或坐的，每张桌子挤得满满的人，衣香鬓影间个个盛装打扮，原来是周末举办的小型狂欢节会。

反正也没人认识我们，既然来了，肚子也饿了，穿牛仔裤就牛仔裤，管他呢！选定了一家德国香肠专卖铺，好不容易等到了空位，比手画脚地跟侍者表示我们要德国香肠、牛排、啤酒等充饥。

边吃边欣赏免费水舞，以及一个个大口吃肉、大口喝酒的德国人，德国人则打量东方脸孔的我们，一边窃窃私语，各看各的有趣，各说各的精彩，互不干扰，倒也快乐。

现场还有一个取名“啤酒＆香肠”的年轻乐团起劲地唱着，应该不怎么知名，但是听起来蛮有水准的。不少年轻人跟着舞动四肢，我也随着节拍摇摆着，好喜欢这样释放的感觉，很容易就忘了自己的年龄，其实，我的年龄跟心情从来不成正比。

因为我们第二天一早要赶路，虽然舍不得，也只得离去。

:: 地图专家也有迷路时刻

离开市中心后，这才发现巴登地区的路灯光线不是很亮，街名看不太清楚。好在就这么一条大路，倒也不难认。眼前一座隧道，来时见过，顺势就钻了进去。出了隧道，却是另一番天地，街道全然不同，房子都不见了，微微慌乱间，车子就上了快速道路，驾驶员扬扬推测是另一条外环道路。

可是愈走愈怪，照我的经验，回头是岸，但已回不了头。好不容易等到岔路，急急绕回去。开没多远，小慧说她看到一座教堂，她肯定是我们黄昏时经过的。我跟她已经有过好几次自助旅行经验，我绝对相信她的判断，立刻指挥扬扬朝教堂的方向开。

开了一会儿，景物依然陌生，每个人都急着依照自己的判断找方向，却是愈来愈混乱，甚至吵了起来，个个嗓门比大声。想回到原点，却根本没有头绪，手中的小地图字太小，根本找不到我们的位置。

好不容易在路边看到大型地图看板，急急冲下车，心中暗喜，隐隐有些神气，凭我这个地图王，一定可以带大家摆脱困境。

结果，我整个人凉了半截，因为我根本无法在地图上找到我们经过的地点，遑论住宿地了；这表示我们早已远远超出巴登，不晓得到了哪儿。

早知道我该阻止扬扬走隧道，应该走我们熟悉的路；早知道天黑了，就不要出来乱晃；早知道一发现错误就立刻回头；早知道……我只敢用“早知道”搁在心里怪自己，根本不敢开口，这时随便一句话，都能把大家的焦急转为怒气，我们必须平静冷静安静，想想看，我们曾经走过的路，然后，开回原地。

∷ 吓死人了，谁在敲窗子

快要午夜了，这样乱转不是办法，找个有路名的街口，停车闪灯，摊开手边所有的大小地图作殊死斗，甚至作了最坏打算，找不回旅馆，就夜宿车上，等天亮看得见路标再说。

两双近视眼，加一副老花眼，就着车内微弱灯光，也看不出什么名堂。突然，有一辆车子刷地切到我们前面，停下，有个人影靠近我们，扬扬立刻下意识锁住车子。

对方用力拍打我们的窗子，四下无人，地处荒凉，莫非是抢劫？还是这个地方不能随便停车？

犹豫间，扬扬把车窗摇下一点，是一张很吉卜赛装扮的女子的脸，她友善地说话了；感谢上帝，她说的不是我们陌生的德语，而是标准的英语。她先问我们，会说哪一国语言？需要帮助吗？见我们一脸困惑，她解释说，她开车经过我们，见我们在闪灯，又在看地图，猜想我们是迷路了，所以，过来问问。

我们感激地立刻六手奉上地图和旅馆地址，她很快地帮我们找出方向，说我们早已远离市区，只要往前开，再右转，见到一个加油站，然后……就可以走回大路了。

怕我们不清楚，她又重复一遍，才放心地跟我们挥手再见。照着她的指示，我们很快地走回正路，看看里程数，已经走了三十几公里，可真远。

第二天才知道，隧道有好几个入口，通往不同的方向，若不是遇见美丽的天使，说不定我们真的是睡在车里迎接黎明，而旅馆费还得照付。

乱不正经小点子

开车迷路时，最忌讳继续往前开，最好是立刻停车，趁记忆还清楚，回到原点。万一无法即刻回转，也要在最近的出口停车，找到回头路。当然，最好的是到一个新地方，趁着天还亮，先弄清楚回旅馆的路。庆幸的是，当时我们手上有市区和郊区地图，也有旅馆的地址。

Part4

满街都是情报员

Part 4

旅行嘛，少不了吃吃喝喝！可是什么好吃、
什么好玩、什么好买，
可就要懂得跟谁去索取免费情报了。

旅游书是玩乐宝典，还是情报大全？

开放观光初期，我这只井底蛙依赖的是旅行团，一路吃喝玩买，既有领队包办食宿交通，又有导游提供当地人文背景介绍，要不然同行的另一半舜子博学多闻，也会拔刀相助，我倒也乐得轻松。

但是，旅行经验多了，难免需要写些旅游报道，才发现自己东西不清、南北不知，史地概念极差，更糟的是国界不明、朝代混淆，愈旅行，累积的迷糊愈多。

关起大门抱头痛哭已于事无补，只要肯开始，永远不嫌晚，我决定洗刷“史地弱智”的恶名，发愤苦读。每回出国前，一定先跟领队要一份当地简介预习，甚至自己找书来看。

有一年，我跟女儿小慧赴美探亲，决定不了去美国西部或美国东部，就是研读后作了东西比较，并跟小慧做简报，而选择了美国东部，事后证明我们的选择对了。

但是，如果要自助旅行，就没那么轻松了。

:: 多读几本书，情报才完整

当雪柔突发奇想，约我去中西欧自助旅行时，第一个要克服的难题，就是如何排出一条好玩又不浪费钱的路线。我们后来决定四个团员分头去搜集情报，然后轮流阅读。

我尤其读得多，即使是同一个城市，我也不会只读一本书，以免作者的角度偏差，而有所误导。同时，再请教去过中西欧的朋友，或是请教当地人那就更棒（像荷兰，我就问郑友梅）。

出发前三个月，团员们再说说他们梦想已久的大城小镇，然后四个团员投票，原则上，太远要绕路的地点，舍去；只有一票喜欢的，放弃……这样加加减减，安排出第一次自助旅行的行程。

选择各城镇的大景点时可以用分类的方式，怎么分类呢？例如：建筑类（教堂、皇宫、城堡）、名人出生地（莫扎特的萨尔斯堡，莎士比亚的斯特拉特福）、河流（荷兰运河、莱茵河、塞纳河）、博物馆（罗浮宫、大英博物馆）、山脉（阿尔卑斯山、科克山）、跳蚤市场（巴黎的、阿姆斯特丹的）、有故事的（德国浪漫道路、鲁昂贞德塔）……

大的景点选择好了，再搭配其他的小景点。其中参观点重复性太高的，放弃一两样，例如不可能每个城市的博物馆或教堂都看。

∷ 自己安排路线，玩出独门趣味

我参考数本的旅游书，自己排了几次路线，朋友都觉得不错，有些人也会跟我借去参考。

例如第一次从荷兰的阿姆斯特丹出发，经过德国的科隆、海德堡、法兰克福、浪漫大道、慕尼黑、新天鹅堡，再到奥地利的维也纳、梅尔克、萨尔斯堡、因斯布鲁克，经过瓦度士，到了瑞士的琉森、伯恩、少女峰、日内瓦，转搭乘TGV子弹列车到法国巴黎。离开巴黎后，去了比利时的布鲁塞尔、布鲁日、海牙，然后从阿姆斯特丹回台北。牛刀小试，我花了34天绕了一大圈。

另一次去英国旅行29天的行程，也被不少朋友羡慕，外带佩服。因为我们从英格兰、苏格兰、北爱尔兰、威尔士，又回到英格兰，足足把英国都玩遍了。那次的行程只此一家，别无分号，是我苦心苦读花了两个月，不断修正排出来的，我就不藏私吧！跟你分享。

我们是从伦敦出发，经过温莎、剑桥，接着到约克、爱丁堡、因弗内斯，然后经由格拉斯哥，从码头搭船到北爱的贝尔法斯特、波若许，观赏了巨人堤岸。三天后，又搭船换火车回到格拉斯哥，转赴湖区的温得美一带玩耍。到了威尔士的兰都诺、兰伯瑞，经由斯特拉特福（莎士比亚故乡）回到伦敦，寄放大行李，预购《歌剧魅影》的票。最后经由巴斯往伦敦南方小岛玩，回程则选择布莱登游走，再回到伦敦。

另一次到澳洲，时间比较短，只有 17 天，我们是租了车这么走的：从悉尼、堪培拉、墨尔本、波特兰、阿德莱德，接着搭火车到澳洲中部的沙漠都市艾丽斯斯普林斯，攀登了全世界最大的岩石艾亚斯岩，经由国王峡谷回艾丽斯斯普林斯，最后回到悉尼。又刺激又新鲜，路上发生了不少惊险事。

∷ 把别人的法宝，变成锦囊妙计

当然，阅读旅游书可以事先了解要去的地方，包括风土民情，还有最重要的是哪儿有好吃的，有物美价廉的东西好买。甚至有些独门玩家秘方，也可以搜集整合成为我的旅游法宝。

例如万金油，是我参考别人的旅游书每次都携带的。小小一罐，对治疗蚊虫咬、头痛头晕、肚子痛等都有效。最棒的是，当我每天走了七八小时路回到旅馆，脚酸痛不已，我就用万金油涂在脚踝两侧，按摩一阵子后，说也奇怪，第二天照样轻松上路。

另外，一位日本的旅游玩家劝我们不要带太多日用品或随身衣物，因为只要你去的是先进国家，这些东西都不难买到，甚至比台湾还便宜，不必千里迢迢扛了一堆去。当你回台湾之后，挤着海德堡的牙膏刷牙，用瑞士山间小镇的毛巾，靠着萨尔斯堡买的椅垫，涂抹着佛罗伦萨买的乳液，吃着普罗旺斯的橄榄油拌沙拉，穿着爱丁堡买的外套，那种旅行时的感觉就又回来了。

现在，我每次出门的箱子都很轻，装的都是旧内衣、旧T恤、旧袜子、旧长裤……遇到便宜又漂亮的衣物，就可以汰旧换新，行李也不致增加太多重量。这点子不赖吧！

当然，除了在国内购买旅游书，还可以到国外搜集资料，例如飞机上、飞机场、车站、旅馆、旅游服务中心、跳蚤市场，这些地方的资料大都是免费，甚至可以免费索取地图。

有些展览场所，像博物馆、美术馆，因为时间关系看不完，就可以购买书籍回家对照你拍的照片慢慢看，不至于回家后淡了记忆，看起照片一头雾水。

乱不正经小点子

尽信书不如无书。我曾经访问过旅游玩家褚士莹，他说自己在家看完书之后，不带任何旅游书出国，这样玩起来才不会被作者牵着鼻子走。

可是，我的英语能力没他好，所以乖乖带着旅游工具书以及字典。有一回去日本，还在东京的第二天，同伴把我带去的书弄丢了，我只好走一步算一步。结果，虽然漏失了一些景点，玩得还是蛮开心的。所以啦！到底要不要带书上路，你应该有答案了。

皮厚，眼尖，嘴利，外带比手画脚

看旅游指南按图索骥，玩了几次，就发现这样很浪费时间，单单是在火车站要找换钱的地方、厕所，或是预定卧铺的票，即使有图示或指标，也难免绕了许多冤枉路。

而寻找观光名胜地，也是常常弄错方向，转来转去头昏眼花，仍在原地打转。为了省事，干脆用问的比较快。

偏偏跟着一起旅行的同伴，年纪轻，脸皮薄，死都不肯开口问，而我自卑自己的英语那么烂，也不敢开口。

∷ 长了嘴巴就是用来问路的

有一回到了列支登士敦，因为旅馆太贵，就想找青年旅馆来住。青年旅馆大都在郊外，走到腿快断了，还是没找到。同伴死也不问路，说是用走的就会到，我气得也不问，看看谁撑得久。

到了青年旅馆门口，按了许久的门铃，都没人应答；敲门，也是没反应。幸好附近有位太太看到我们神色仓皇，好心从窗口探出头来，跟我们说："青年旅社春天的时候打烊。"

我就说嘛！如果下巴士时就跟附近的人打听，也不会冤枉走了一个多小时，落到如此下场。结果乖乖回到城里，天都快黑了，付出的房钱贵得多，因为原先比较不贵的房间已经租出去了。

多花钱已够衰，时间的浪费更让人不舍。好吧！等人不如求己，他们不肯开口问，我来问。只要把基本的英语对话死背起来，照样画葫芦，也不算太难。再怎么说，北一女毕业的，英文成绩虽不及格，还是有一定的程度。

就这样，不管是找吃的、找玩的、找住的、找参观的……只要能问，我都用问的，反正姜是老的辣，皮是老的厚，跟家乡相隔几百公里，谁又认识我，出点糗又有什么关系。

多问几次之后，同伴发现这些外国人蛮亲切的，胆子也大了，也敢开口了。而我，更是信心百倍。尤其是欧洲国家，通晓英语的人原就不多，走在街上等我们问路的更少，大多是会一点简单的对话。像同伴的英语说得太溜，对方有时根本来不及听，我的破英文刚好派上用场。

在奥地利的小镇克来姆（Krem）火车站问路时，我拿着地图问站务员，“Here is where？”国内知名的英语老师阿丽一直拉我，怎么这么问？句子不通啦！对她来说，说这种破烂英语简直丢死人了。

没想到站务人员竟然听懂了，热心指着地图告诉我们所在位置。我索性继续往下问哪儿好玩，“Where we can play?”阿丽又紧张了。

别急别急，他又回答了，告诉我镇上有什么好玩的。

就这样，两句乱七八糟不成文法的英语，我也能走天下，玩得可开心呢！而且，再也不自卑了。

∷ 比手画脚也能过关

还有一回更妙，在德国一个小镇，我们逛完街，想要找火车站搭车，照着地图却走不到，眼看火车开车时刻快到了，找了一位老先生问路，他很热心，无奈连我这最简单的英语他都听不懂，情急之下，我只好口里学着火车鸣汽笛，“呜呜！”边举起手臂上下打转学车轮转动，“七恰七恰！”我这张嘴，可不是只会说，也会叫呢！

哈！宾果，过关了。

至于眼要尖，那就是要懂得逮人问路，逮人搭便车，同时要看得到哪儿有好逮的，宁愿问错一百，千万不要漏失一个。

乱不正经小点子

靠着一张嘴，真的无往不利吗？也不见得。像去日内瓦住青年旅馆，接待员就嘲笑我说了一口菜英文，他都听不懂。还有，在英国的格拉斯哥订船票去北爱尔兰时，也因为我听不懂对方说的，她也搞不清楚我的目的，我“pardon!pardon!”了半天，还是一头雾水。最后顺利成行，却错买了豪华船票，做了冤大头。

所以，还是有点小懊恼，当初在学校为什么那么讨厌英文，念得那么差——要不然也不会丢脸丢到国外去。

当街逮到中文通

地大物博、地广人稀的城市，拿着地图很难找对路，老走冤枉路也不是办法，加上我年纪又大，体力可得好好保存。偏偏同行几个小女生，宁愿自己瞎摸，打死也不肯当街拦人。

头一回去德国，就尝到了苦头，街上会说英语的人少得可怜，光阴浪掷得更是惊人。心想，我这烂英语遇上德国人的破英语，刚好是棋逢对手，谁也不用笑谁，上吧！

胆子有了，问路却得有点智慧，如果满街乱问，问到了观光客，那可就是一鼻子灰外加满头包；甚至更夸张的，他们见我们满街拦人，以为我们是推销员或募捐要钱的，还没接近，就绕路躲掉了。

所以，相中的人必须是通英语又热心，且了解当地旅游资讯的，才不会像雪柔得了“问路恐惧症”，因为她在连问5个人之后，认定德国人冷酷无情，死也不肯再问路。

∷ 想要问路，也要找对人

我头一次出马是在德国海德堡的主轴大道上，那是个行人徒步区，按照旅游指南，电影《学生王子》的酒馆场景就在附近，可是，眼看午餐时间将过，熙来攘往的行人，到底谁能提供正确线索呢？

照理说，海德堡有五分之一的人口是学生，学生通晓英语的比例应该比较高，于是我决定站在路当中逮人，并跟同伴打了包票，不超出三个人，我就能问到线索。

牛是吹了，我却没有十足的把握，只好祷告上帝赐我“选择”的智慧。就在这时，有一位足登球鞋，毛衣袖子交叉系在颈前，手插牛仔裤的金发女孩潇洒而来，满脸的亲切，仿佛写着：“来问啊！来问啊！”

我从侧面拦住她，深怕她听不懂，用最简单的英语问：“Do you speak English?”（这是我会说的五句英语中的一句。）

谁知道金发女孩突然冒出一句中国话：“你们是中国人？台湾来的？”

不用我招呼，躲在一旁的伙伴立刻冲过来，抓着金发女孩又叫又笑，差点把她吓出心脏病。我想，她一定感受到我们的兴奋，也没责怪的意思，除了回答我们问题，还跟我们自我介绍：“我叫白德菲，两年前曾经到辅大修过中文。”

她原本要去访友的，却自告奋勇当起导游，告诉我们《学生王子》的酒馆，是电影掰出来的，不过，附近倒是有一些学

生常去的酒馆，值得去坐坐，只是还没到下午5点的营业时间。

虽然有些失望，不过下次再来海德堡，还是有机会到酒馆，却不一定能再遇到白德菲，我决定到附近的马克特广场吃点简餐，跟她聊聊，也算另一种形式的他乡遇故知。

聊天中，白德菲还热心地帮我们在地图上标出了另外几个参观点，是旅游书上没有的，她等于免费做了两小时的导游，算是我们的另一种收获。

:: 好东西要跟好朋友分享

跟白德菲挥手告别后不久，我们遇到来自中国内地的留学生跟我们问路，现学现卖的，我们毫不自私地告诉他有关海德堡的种种。

因为白德菲，我们对德国留下了好印象；也因为白德菲，我这个年龄足可做她们妈的老大姐，顿时身价百倍。她们不但佩服我姜是老的辣，而且还有一双慧眼，一眼就认出可以问路的对象，更厉害的是对方还会说中国话。

从此，问路成了我的专属工作，也靠着我这独步武林的问路功夫，我走遍了好几个国家。

不过，我却遇到比我胆子更大、脸皮更厚的问路客，你猜猜看，他是哪一国人？

乱不正经小点子

问路，就是要脸皮厚，反正他们也不认得我们，说错了，或是他们不甩我们，我们就可以验证哪一国的人最热心，同时研究一下哪一类型的人最无情冷酷。而且，说不定就有了艳遇。

通常，热心的人都爱管闲事，你就一次问个够，例如哪儿有好吃的？哪儿有特别的风景？哪儿的住宿最便宜？哪儿正在打折？哪儿有跳蚤市场（这是我每次必问的问题）？一次给他捞个够。

哪儿好玩？瞎猫碰着死老鼠

有些地方实际玩过之后，免不了会失望，根本不像旅游书作者形容得那么棒，只觉得马马虎虎。最糟的是作者写的参观时间不对，或是旅馆不见了（大概是书出版很久了），费尽千辛万苦到了门口，却是一场空，那种失落感，简直没有文字可以形容。

我去柏林时就曾上过当，书上说艾尔恩斯特广场附近有41道喷泉的绿色广场，结果我们走了半天，什么也没看到，八成早就拆掉了。

还有萨尔斯堡，把某家民宿形容得多么温馨，我们遇到的却是一个很抠的老板；再换一家也是书上介绍的，却早就关门大吉，院子里长满了杂草。

刚开始，我会生写书人的气，他为什么骗了我，好像翻山越岭寻夫，却发现丈夫已经另娶别的女人，有很严重的挫败感。

例如布拉格、巴黎，很多人一去再去，我却觉得还好；而我喜欢的英国，玩了三十几天，还觉得不过瘾，很多人只是匆匆几天，就受够了他们的天气。

还有，我也喜欢德国，三次自助旅行，分别玩了德国南部、中部，以及东北部，乐此不疲，甚至还跟每个人大力推荐。朋友就说，德国硬邦邦的，有什么好玩？

∷ 每个人各有不同喜好

玩得多了，我渐渐就能体谅，因为，每个人旅行时的感受不同，所以，个人的旅游经验，仅供参考。像我一位朋友，每次旅行，相当贫民化，喝的水是用水壶装的生饮自来水，吃的是冷了就跟石头一般硬的法国面包，能走路就不搭车，能搭顺风车就不买票搭车，两个月玩下来，又干又瘦又黑，没几个人受得了。

又像青年旅社，是很多自助旅行者的最爱，我却宁愿多花一点点钱住民宿（在英国称为B & B —— Bed & Breakfast，一种供应早餐和住宿的家庭旅馆；在欧洲大多称为pension，guest house），享受一些私人空间。

既然每个人观念不同、感受不同，那怎么取舍呢？

那就是眼要尖，知道什么地点看了就不好玩；或是，嘴要利，随时掌握机会请教别人。

有一回，我们搭船游莱茵河，抵达预定住宿的梅因兹（Mainz），正觉得这个镇没什么特色，但是没人敢提出异议，怕的是万一没住下，却是个很有意思的小镇怎么办？

犹豫不决间，遇到一位在当地住了七八年的中国人，就跟他聊了起来。他知道我们时间不多，建议我们放弃梅因兹，赶到下一站海德堡去住。事后，我们花了一小时在镇上转了转，果然没什么吸引力，我们立刻赶搭下班火车直奔海德堡，省下的时间就在海德堡多作停留。

:: 别人的意见仅供参考

又有一次，在维也纳环状大道搭电车时，遇到两位来自台湾学音乐的女孩；因为我已经来过维也纳，觉得它除了猪排好吃，好像没什么特别景物，就问女孩，如果只有一天时间，她们会建议我们看什么？

她俩商量一会儿建议说，去中央公墓。

啊！去看坟墓啊？多恐怖！原来那儿是很多音乐家的葬身之地，例如贝多芬、舒伯特、约翰·施特劳斯、布拉姆斯……生前见不到他们，他们去世了，到他们坟前坐坐，也许能浸染一些音乐气息。

还有一次，到美国克利夫兰的妹妹家住了一个多月，她费尽心思招待我去度假中心、听歌剧，我却问她有没有跳蚤市场可以看？她真是被我打败了，只好帮我去跟同事打听，果然问到好几处跳蚤市场，让我看得尽兴，而

且，买了一堆俗搁大碗的二手货。

再有一次，去比利时的根特（Gent)途中，火车上的一位老伯伯，却建议我们去布鲁日，我们也接受了。布鲁日真是美，又称为“桥之乡”，很适合蜜月旅行。事隔几年，我又找机会去了根特，证实了当年的老伯伯果然给了我们好点子。

更近的一次，离开德国的特里尔（Trier）古城，因为比预定行程多出了一天，直接搭火车杀到柏林未免太疯狂，就请教列车长，沿线有什么地方好玩？他想了想，就说摩泽尔河沿岸的小城镇都不错。如果只能选一个呢？他推荐科赫姆（Cochem），果然也没有让我们失望。

当然，住宿地的旅馆主人也是情报来源，他们是当地人，又是经营观光业的，绝对比写书的旅游玩家拥有更多情报，而且绝对新鲜。

我们可不自私，玩开心了，也不忘好康到相报，于是，维也纳的中央公墓，比利时的布鲁日……也留下了朋友的足迹。还有，未来的你的。

乱不正经小点子

欧洲或新澳的教堂、皇宫，常会有一些音乐会的演出，运气好，你会遇到免费的；即使要收费，通常也比正式音乐会便宜。你别以为这样的素质就差了，我在巴黎圣母院听过管风琴演奏，免费的，超棒的；我在维也纳的辛布伦宫观赏歌剧《费加罗婚礼》，合台币也不过300多元，却是在国王的皇宫庭院演出的呢！

什么地方有好吃的？鼻子伸长一点

说也奇怪，每次旅行看的建筑、走的桥很多，欣赏的山水草木更是不少，可是，偏偏对吃的记忆最深刻；每回去演讲，说啊说的就会谈到吃的，而读者、听众也最常来信问我哪儿去找好吃的。

民以食为天嘛！何况中国人本来就对吃很讲究，还拍了《食神》、《饮食男女》之类的电影，贪吃爱吃当然不丢脸。而我有些旅游的经历，还是因为跟吃有关，记得格外清楚，可见得，吃，也有加分效果。

当然，就跟问好玩的情报一样，参考书是个来源，但是因为作者个人有所偏好，不一定要全盘照吃。

∷ 千万不要放过旅店老板

旅店老板是很好的指南，不过要看他是不是热心。

有一回住在萨尔斯堡的民宿，老板很主动，见我们要出门，就问我们有地方吃饭吗？他建议萨兹河旁边一家餐厅的牛排、咖啡都是一级棒，价钱也很公道。

几度挣扎，我们放弃了早就计划好的市中心广场，沿着河边走去老板推荐的。哇！客人好多，口碑一定不差，布置得很奥地利味，虽然必须等15分钟，座位也不在浪漫的河边，可是，牛排的美味、咖啡的香浓，让我们冒了失眠的危险，硬是喝了两杯。

之后，到了卢森堡，我们用的也是这一招，没想到老板推荐的是一家猪脚店，抱着姑且一试的心理，辗转搭车到了餐厅。餐厅隔壁就是葡萄酒厂，管他有没有酒量，喝了是不是会醉倒，我也点了一杯酒。当服务生来点菜，我们五个人点了三只猪脚、一份维也纳炸猪排、一份卢森堡特餐。他又问了一遍，确定要点这些吗？

我们用力点头，快饿昏了，尽管把餐端上来。

当服务生把配菜一一端上来，我们就开始喊救命了，因为每人都有一大盘（非常大的）炸薯条，一大盘配猪脚的酸菜沙拉，还有煮蚕豆。等正式的猪脚上桌，服务生见了我们张大的嘴巴，嘴角浮现诡异的笑容，好像是说，他早就警告过我们，谁要我们不听。

因为我们面前的烤猪脚就跟我们的手肘一般长，阿丽和阿亮的更巨大，真是傻眼了。幸好猪脚很可口，但也是吃到快撑死，只解决了两只。另一只只好把肉削下来，打包带回旅馆。

当我们离开餐厅，经过落地大烤箱时才发现，他们端给我们的猪脚还是小号的，如果是最大的那几根，我简直不敢想像。不过至少旅馆老板的推荐很够水准，这么些年来，吃过的德国猪脚无数，也包括德国几家有名的店，卢森堡的却是最物美价廉。

∷ 问当地导游也是一个方法

我前后去过两次维也纳，去了两种猪排店，都是当地导游推荐的。一家的烤猪排，在旧多瑙河边，长长的带骨肋条(Spare Rib)，配上薯条、沙拉，合台币不到300元。

至于另一家贩售的维也纳猪排，有二十几种口味，位于纽堡街上，没想到小小维也纳就有两条同名街道，走错路已够衰了，同伴偏还数落我，为什么那么贪吃？为什么要把时间浪费在找东西吃上头？

当我们搭地铁换巴士，又走了半个多小时，还淋了一场雨，几乎要放弃时，店招牌终于出现在眼前，只见店里挤得满满的；有一位中国留学生称赞我们很有眼光，这店是全维也纳最有名的，要点就点招牌CORDEN BRAU，因为很大一片，可以两人合点。

果然名不虚传，一客CORDEN BRAU 70元奥币，就有两片猪排，每片差不多两个巴掌大，仔细打量，薄薄的猪排中间夹了乳酪和火腿肉，然后裹粉去炸，香酥可口。

另一种“维也纳猪排”，则约莫三个巴掌大，金黄色则像秋收的景象，比起台湾的炸猪排更有分量，配上当地特产的甜啤酒，恨不得再点上一客。这下子，同伴不骂人了，直说可惜，早知道就早点来，每天每顿来，把二十几种滋味都尝遍。

∷ 当然，也可以沿街乱抓人

这就需要智慧了。第一次去德国，最想吃的就是猪脚了；最后一天要离开慕尼黑时，想着还没吃过猪脚，心有不甘，可是又不知道哪儿的猪脚好吃。同伴劝我算了，我却不死心，站在街头，挡住了一个推婴儿车的爸爸，看模样是通晓英语的上班族，又推婴儿车，绝对有爱心。

没错，虽然他的英语不佳，却绝对热心，我说了半天 pig leg、pig feet，他仍是一头雾水，末后我说了 pig，再指指自己的脚，他竟然就懂了，立刻领我们去到一家餐厅，还把猪脚的德语拼法写给我们。

你一定没想到，进了餐厅，我们点的竟然不是猪脚，而是牛舌、牛排、海鲜……因为德国人说，比猪脚好吃的东西多得多。

也有误打误撞的。

所谓误打误撞，就是没问人，也没资料参考，走在街上，赌博似的随便走进一家，结果竟是当地最美味的。有一次去凡尔赛宫，搭错了车，走了好长一段路，经过一家外卖中国食物的店，正好肚子也饿了，也开始想家了，点了一堆，带到凡尔赛宫的后花园，在阳光下享受了一餐家乡味十足的午餐。后来再要去找这店，怎么也找不到了。

至于布鲁塞尔的孔雀蛤，也是这么遇上了，就爱上了，于是，法国狄南、鲁昂、巴黎，我再度重温旧梦，才知道，这些欧洲国家，把一道简单的孔雀蛤，做得如此美味。回到台湾，我也才知道，淡水附近有人在贩售，只是因为不懂烹调，其味差矣！

还有，朝人多的地方去找，准没错。

反正，每个城镇总有些乡土小吃，你都不要拒绝尝试，尝多了，自然会吃到美味的。我去德国的某次，同伴之一的阿文打定主意要吃遍所有店的德国猪脚，结果，烧烤炖煮炸……十几种猪脚吃下来，她的心得都可以写书了。

乱不正经小点子

既然要出国，就应该把握机会多尝尝其他国家的风味餐，不必带一堆泡面、饼干，好像要去蛮荒地带似的。我们一行6人去欧洲那次，行前我一直叮咛大家少带行李，在机场集合时，眼见阿慈拖了将近30公斤的大箱子，我差点没昏倒。事后，我才知道她带了一箱泡面，一打酸菜罐头，还有一堆根本穿不上的衣服，因为她从第一站就开始买衣服，尝尽各种好吃的。末了，箱子几乎要爆开，求我们大家帮忙吃泡面酸菜，唉！真服了她，更惨的是，为了她的巨无霸箱子，我们差点在布拉格被炸弹炸到。

Part5 Part5 Part5 Part5 Part5 Part5 Pa

旅店没有空位，今晚睡马槽

Part 5

跟旅行团，不是住五星级就是四星级，
谁敢让我们睡三星级的，
他就准备被骂得狗血淋头。
可是，自助旅行就不同了，
为了省钱，睡的大多是民宿，
而火车站，更是我们最爱的卧铺。

那夜我跟企鹅抢床铺

我除了热爱旅行，也喜欢摄影，甚至报了名学拍照，坐在教室里学原理不过瘾，索性跟着老师、同学一行五人，自助游澳洲。

周日的黄昏，我们驾车驶往墨尔本的南方小岛——菲力浦岛，观看一群群黑白相间的小企鹅，翻过千层浪，游回沙滩，摇摇摆摆回到它们的海边巢穴。

事前看过资料，岛上北方的柯威镇（Cowe），有足够的餐饮住宿供游客享用，于是，我们兴致高昂地玩耍到9点多，才依依不舍挥别企鹅，驶向柯威镇。

一家家汽车旅店掠过，门口全挂的是“无空房”（No Vacancy）的牌子，略感不妙，连五星级的旅馆、露营区、客栈、家庭旅社都去打探，竟然全部客满。

路过一家尚在营业的家庭式餐厅，自助旅行经验最丰富的林老师出马，拜托他们收容，只要在餐厅一角过夜即可。老板娘面有难色，却答应帮我们打电话问她熟悉的旅店有无空房，结果可想而知。

∷ 大事不妙，客满牌高挂

回返市中心，大伙儿连吃饭都没心情，忍着辘辘饥肠和被雨淋后的湿冷，意外发现两家中国餐厅，生机乍现。因为我游北爱尔兰时，就是在深夜11点多，靠中国餐馆的主人找到住宿处。

我们高兴得太早了，一家冷得像冰，根本不理我们，任凭我们拍门拍得手都痛了；另一家跟我儿子同名的永乐饭店，老板却疑心病重，深怕我们要抢劫似的，只开了一条窄窄的门缝，说她没办法。

此时已近夜里11点，家家户户逐一熄了灯，街道黯淡冷清得像外星人要登陆了。小小的车子塞了5个人，坐久了确实有点挤，很容易擦枪走火。

几句话不对劲，有人把矛头指向林老师，怪他事先没订好旅馆，害我们落魄到荒郊野外。我好心说了句公道话："自助旅行都是走到哪儿，睡到哪儿，很难预定住宿，大不了睡车上或是海边，也蛮有情调的嘛！"

"你要情调你一个人去情调，我才不像你们这样无可救药的浪漫。"他一点也不领情。

所以我说啦！跟没有自助旅行经验的人一起走，就是会出这些问题。

剑拔弩张间，远远瞧见一屋亮着蓝灯，会是尚有空房的汽车旅馆吗？竟是警察局！刚巡逻回来的警员明白我们的处境后，打电话问遍全岛，依旧无容身之处。这才知道第二天要举行赛车，所以这里的旅馆，全挂了客满牌。

我打量警察局里窗明几净，足可挡风避雨，鼓足勇气问可否借警局打个盹？警察先生摇摇头，因为他们马上要下班回家，局里要上锁，不方便收容我们。啊！台湾的警察局都是二十四小时有人值勤的，这儿的警察真好命，会是因为治安好，所以警察闲闲没事干？

∷ 警察也不收容我们

垂头丧气地离开警局，在巷弄间随意穿梭，但听涛声处处，星子也露了脸，何等诗意的夜晚。我们却一身脏污、两眼疲惫、狼狈不堪地挤坐在车里，随便一个碰触，就是几个火花。

照我原先的想法，选个美丽的海湾，坐等一夜也就罢了。可是身为领队的林老师，却急于为大家寻觅落脚处，提议回那家家庭式餐厅求助。任谁都嗅得出那位老板娘并不友善，何必再自找钉子碰？

林老师坚持一试。于是他和英语较流畅的辛蒂下车努力，留在车上的我们则努力祷告。5分钟后，他们回来了，看他们笑得那么高兴，就知道是好消息。果然，店主人史密斯先生同意我们将车驶入停车场，然后在他们餐厅一角的沙发上休息一夜。

当我们鱼贯入屋后，史密斯夫妇知道我们还没吃晚餐，要我们先喝杯热咖啡暖暖身，他们立刻帮我们准备烤羊排大餐。这时已是半夜12点多，他们一家三人（夫妻和岳母）已经在夜晚招待过100位客人，满脸倦容，早该打烊休息，却重起炉灶，为我们张罗全套大餐，包括面包、沙拉、汤、主菜、鲜果沙拉、巧克力蛋糕……每一样都是家庭式烘焙，却毫不马虎，样样可口。

汤足肉饱之余，我们打算多付钱给他们，他们却坚持只收每人20澳币（约合台币350元）的餐费。而且，把我们当朋友般，聊起他们经营这家餐厅的来龙去脉，每扇门、每片窗，都是史密斯先生亲手搭建；每样摆饰的盘、瓶、琴、椅……则是四处搜集的；甚至还搬出他们心爱女儿的结婚照供我们欣赏。

∷ 丰富的晚餐，有了爱心调味

谈累了，各自互道晚安，正准备拉紧外套坐在沙发上过一夜，史密斯先生抱来床垫、枕头、毯子供我们打地铺。

我感动得眼泪都流下来了，真恨自己的英语能力太差，无法表达内心的感谢，只有不停地跟他傻笑。

史密斯先生还跟我们道歉说，他们起床比较晚，明早无法送我们，可是，他们已备妥奶茶、咖啡、水果，随我们取用，我们离去时只要把门带上即可。

在他们装潢典雅的厕所洗脸、刷牙后，同伴各自寻找长椅、沙发、地板、床垫躺下，我望着古董钢琴及一屋子的碗盘、花瓶、名画、摆饰——每样都价值不菲，但他们却全然信任我们、接纳我们。

泪水在我的日记上化为一句句的感谢。虽然我躺的是狭窄的长条木凳，同伴的鼾声比涛声还大，我却睡了甜甜的一觉。

乱不正经小点子

经过这次教训，我们再也不敢混到深夜才找住宿。因为，即使是旅游淡季，偶尔也会遇到当地的节庆或赛会，最好是在中午以前就先预定住宿。我们当初如果在去企鹅岛前先订房子，就不会流浪街头了。

万一客满情况严重，可以视距离远近，回原来的城镇，或是往下走。开车毕竟比较方便。若是搭火车旅行，干脆改搭夜车，既省了旅馆费，也免了受冻。

少女峰上四星大落价

春天的天气是很难捉摸的，尤其是欧洲，前后两天，可能就是春夏秋冬不同风情轮番上演。

我们在4月里抵达瑞士伯恩的头一日，还是艳阳高照的摄氏二十几度天，隔天就大雪纷飞，从没看过雪的我们，临时动议游完少女峰，在海拔1 034米的格林德尔瓦尔德（Grindelwald）过夜，好好地把雪赏个够。

从少女峰搭登山火车下山，抵格林德尔瓦尔德已5点多，旅客服务中心的柜台小姐态度十分恶劣，不肯帮忙代订旅馆："旅馆都很近，自己找就好了。"可是因为是淡季，民宿大都没营业，电话问了几家一颗星的，都不便宜，平均一个人约需50瑞士法郎（约合1 000台币）。

好不容易问到一家，双人房55瑞士法郎，哪敢再挑剔，立即上路。雪虽已停，仍然冻得手脚僵硬，摄氏零下2度的天气，只想有个温暖的被窝，喝杯热茶歇歇腿。

:: 可恶的主人，比雪山还冷

走了二十几分钟的上坡路，走得气喘吁吁，高胖的店主人一脸横肉，凶神恶煞地怒斥我们胡说八道，他说的是“一个人55元”，负责打电话的雪柔万分委屈，待要争辩，我拉着她扭头就走。店主人这副嘴脸，免费请我住，我也不住，干吗大老远地从台湾跑来受气。

为节省时间，我们兵分两路找房子，我和雪柔一组，沿路家家问，几乎都是五六十元一人。蓦地瞧见一家造型别致的旅馆，门上标明四颗星的，我的好奇心大作，怂恿雪柔去问价钱。

柜台的服务生是个年轻男孩，见我们灰头土脸，状极狼狈，却不曾有一丝轻蔑，十分客气地回答：“有一间四人房是penhouse！”

“penhouse？”我差点叫出声来，那通常是旅馆里最贵的房间。一问价钱，果然要350元，折合台币7 000元。

我不好意思扭头就走，自己找台阶下：“我们是自助旅行者，预算不多，有没有便宜点的？”

他礼貌地跟我们道歉：“因为下雪，很多旅馆没有营业，造成你们不便，所以我愿意打个折扣，320吧!”还是很贵啊！

我只好假装说要跟朋友商量，黯然离去。

途遇莉亚和贝蒂，她们找到一家是一人50的，可是房间很小。我脑中顿时闪过刚刚四颗星的，拉拢雪柔："我们回去看看房间吧！如果很棒，我们干脆就凯一次！反正这一路过得很刻苦，就算慰劳自己吧！"

∷ 豪华阁楼？我们哪里住得起

旅馆接待员欣然领我们搭电梯登到顶楼(这一路住宿都要爬楼梯，搭电梯算是很奢侈了)，当他打开房门，我和雪柔眼睛大亮，恍若爱丽丝走入梦境，30多平方米大的房间，有一张king size的双人床、全套沙发、梳妆台，穿过更衣室，还有另外一间约20平方米大的双人房。相当宽敞舒适。

落地窗外的大阳台上，几只乌鸦正悠闲觅食，夕阳映照在雪花片片的山峰、村落间，好像撒满了金子。简直找不到形容词来形容美丽的视野。可是，一想到价钱，我的心又落入谷底。管他，再杀杀看。我鼓起勇气情商："我们实在很喜欢这个房间，但是太贵了，再减点价好吗？"

他干脆问我："多少钱，你才满意？"

轮到我傻眼了，杀到一人55，未免过分，可是……迟疑间，接待员说话了："这样吧！一个人算你们65！"这已经是大落价了，雪柔忙要点头，我朝她使个眼色，狠心地跟他拔河："60！"

接待员脾气真好，没一点怒气，不晓得他是在哪儿念的旅馆学？他说自己不能做主，要请示经理，也许我们须另外贴补早餐的钱。早餐加价？那不等于房钱没有占到便宜。还来不及担心，经理的答复竟是“OK”。我们简直不敢相信自己的耳朵，又确定一遍：“四个人240，包括卫浴、早餐和税金！”

没错，我抱着雪柔又跳又叫，疾奔出屋，迫不及待当街大叫莉亚她们，好像彩券中大奖。更让人感动的是，我们“忍痛”掏出5元给接待员做小费，他坚不肯收，是体谅我们杀价辛苦吧！

早餐是自助式的，果汁、面包、火腿、乳酪、果酱……丰富得不得了，足够二十几个人吃饱，然而整个餐厅却只有我们四个人享用。原来整个旅馆只住了我们这一间房客。

毕竟是高级旅馆，气派非常，不因为我们付钱少，而给我们寒酸的早餐。付了钱要上路时，我们感谢再三，他们则不断叮咛不可说出折价之事，以免坏了行情。我当然要知恩图报，为他们保密。更感谢前一位恶主人的拒绝，我们才有了美丽的奇遇。

事隔7年，当我又来到格林德尔瓦尔德找旅馆，刻意又到了这家旅馆问价钱，果然，夏天的价钱很硬，一块钱也不能少，当年真是上帝为我们开了门。

乱不正经小点子

刚开始，不太好意思把跳蚤市场的杀价风气也带进观光饭店，老板说多少钱，我就照付。

这次杀价成功，以后不管住什么地方，五星级或乡间民宿，只要是淡季，或是旅馆生意清淡，或是连住两夜以上，我都会跟老板杀价。即使他不答应也没关系，反正我只是多问一句话，没花什么力气，出门在外嘛，能省就省。

沦落英国湖区做游民

英国的B & B非常多，即使是旅游旺季，也足够观光客需要。

当我在7月份到了英国，伦敦、爱丁堡、因凡尼斯，都不成问题；黄昏时抵达巴斯，也租到了全镇最后一间B & B；甚至是北爱尔兰的波特拉什港，我们住了一夜不满意，第二天行李一背，又换了另一家住，似乎满街都是房子让我们挑。

可是，由波特拉什港赶赴英格兰的湖区，就尝到苦头了。因为一早由波若斯搭巴士抵拉尼港，换乘3点半的渡轮过英吉利海峡，辗转抵达格拉斯哥已经晚上9点多。

既然已无火车赴湖区，开始考虑住宿问题。环顾格拉斯哥宽敞的火车站，有不少席地而卧的人，小冉和小慧也去洗手间

探查过地形，既无骚臭，还有柔软的沙发椅，而且温暖舒适（夏天的英国，气温约摄氏十几度），颇适合过夜打个盹。

∷ 哇！真新鲜，我们要住火车站了

问题是，既然要在火车站过夜，何不离湖区近一些？

我的提议没人反对，因为只有我有自助旅行的经验。我又补充一句，卡莱尔（Carlisle）是个大站，肯定设备不差。

搭了夜车赶赴卡莱尔，大概是太疲倦了，四个人竟然睡着了。靠站好一会儿，和善的列车长把我们叫醒，还帮我们拎行李下车。

睁开惺忪睡眼，我不禁呆若木鸡。这个车站的大厅实在迷你，非但没有座椅，而且连仅有的公厕都故障待修。月台虽有好几张铁椅，可是冷风飕飕，吹没一会儿就头痛不已，别说是熬一夜了。

我一脸的尴尬，颇觉得对不起项家母女及我家小慧，幸好她们没怪我，大伙将就着在候车室一角坐下。车站门外就是一间旅馆，我核计着租间双人房，四个人挤挤，洗个澡也好睡觉。

但是掐指算算，都已夜里12点多，一早又要赶搭6点的火车，未免太不划算，最后一致决议："睡车站。"

这可是我生平头一遭。每回见到游民睡车站，颇纳闷他们为什么无家可归？无处可宿？如今我也要做游民了。

挑选了隐秘的角落，以背包当枕头，雨衣垫地，就这么半坐半躺着。小慧尚无睡意，独自玩扑克。我们对面有一对说德语的兄弟在玩弹珠，不时飞射到我们身上；另一位蓄胡的男客，虽坐着假寐，却偶尔飘过来邪门的眼神，害我们不敢真正地放胆睡觉。

终于，兄弟俩和胡子客搭末班车走了，厅内的灯光逐渐熄灭，只余一盏微弱的日光灯，映照着我们疲惫的脸庞。

突然，站务人员快速穿进电动大门，急急问："你们是不是要搭这末班车？"我们摇摇头说不是我们要去的目的地，他们才放心开车。在这偏僻乡镇，竟然还有这么浓郁的温情，让我们眼角都湿了。

倒是经过身边的两位东方客，却投给我们不屑的一眼，好像是说我们流落车站，丢了他们的脸。

∷ 火车站的服务人员也绅士

好不容易一切归于平静，昏然欲睡之际，又被人唤醒。原来是工作人员要拖地、打蜡，他一身制服笔挺、整洁，绅士十足、礼貌地说："等我打扫完，再请你们进来。"

夜雾夹带浓重的寒气，我们缩在连帽外套里打哆嗦，老项竟然跑去打越洋电话，跟台湾的家人实况报道我们流落异乡的“窘样”。

总算打扫完毕，清洁人员好心指点我们睡哪一个位置较不潮湿，然后跟我们道晚安。和衣而眠，又冷又硬的地，顶得我背好疼，皮肤被小虫咬得好痒，又担心有人趁我们熟睡偷走行李，就这么提心吊胆过了一夜。

没洗脸、没刷牙、没洗澡地踏上清晨第一班火车，驶经风光明媚的湖区，列车长好心到我们车厢来确认我们的目的地，怕我们迷糊间搭错车。

我腰酸背痛地倒靠火车上的座椅，呼了一大口气，正想说，毕竟年纪大了，睡车站还是不灵光——小冉和小慧却兴奋地说：“我们再挑一个晚上睡车站，好不好？”

乱不正经小点子

欧洲的火车班次分为国内线和国际线，一般来说，国内线因为距离近，很少夜车，国际线比较可能有夜车或卧车什么的。所以，事先要查清楚最后一班车的时间。

当然，你如果随时准备了睡袋或大外套，想睡睡车站或骑楼角落尝个鲜，倒也是省房钱妙方。但要小心随身财物，切忌女子单身。

同时，有些小火车站，夜晚会锁门，你到时候就要沦落街头了。

哈默尔恩女主人出卖美丽

朋友旭玲旅行到了哈默尔恩，寄了一张明信片给我，正面是童话般的屋舍，背面寥寥数语，把哈默尔恩说成奇幻城国，要我有机会游德国时，一定去瞧瞧。

于是，我就来了。站在哈默尔恩的中央车站外，望着空荡荡的平凡街道，实在无法体会出安徒生笔下吹笛人故事的童话意境。

拖着行李搭火车已经转了好几站，天气闷闷的，伙伴都想冲个凉，躺下来好好休息。依我平常的经验，车站附近就有很多旅馆，可是，走了一条又一条的街，难得遇上一家，不是已经关门大吉，就是房租贵得离谱。

在炎阳下折腾了两个钟头，才在巷子尽头的绿阴深处，发现一幢外表朴实的三层楼房。

只剩两间房，每个房间内又都是一张双人床，我们四女二男，要如何分配？可是，实在走不动了，勉强决定两个男生打地铺，这样还可以省下两人的房钱。

旅馆女主人可不这么想，睡地铺还是要照人头算钱。讨价还价之后，虽然免了两个人房钱，但是，早餐的钱仍要照六人

计算。

我们面有难色，因为一个人的早餐费约合台币150元，一点也不便宜。

女主人笑眯眯地说，他们的早餐是全哈默尔恩最棒的，她的手艺更是远近驰名，有很多旅客来过以后，都会再来。

打量四周的布置，也不过是一般的家庭旅馆，没什么特别的，心中不免狐疑她的话有几分真实，她又能做出多丰盛的早餐？

∷ 没听说过有人以早餐自夸的

最后，还是决定住下。然而，一路走来，旅途劳顿，谁都不愿意睡地上。只好三个人打横睡一张双人床，夜里但闻鼾声连连，在耳边不断响起，一双脚荡在床铺外，想要翻个身，还得把旁边的人的身子推开来挪出空位，当然睡眠被切割得七零八落。

早晨几乎爬不起来，真想放弃早餐多睡一会。可是想到那么昂贵的早餐费，只好勉强起身整装。边抱怨边走进餐厅，所有的埋怨，霎时被眼前的情景驱散了，面包、乳酪、饮料、优格、水果、熏肉、蛋、早餐谷片……摆满了两个房间的桌子，女主人的手艺真是可以摆出国宴的架势了。

沿途省吃俭用，胃囊已很久没受过热情款待。一边享用，一边商量，是不是为了早餐再住一夜？

在这样一个偏僻的小镇，有这样一位细致温柔的女主人接纳了我们，还早早起床准备了丰盛早餐，施展了她烹饪的绝学，怎不令人感动？

她用最美的态度经营自己，也让我们这群异乡客，留下了最美的一段回忆，原来这就是哈默尔恩留住所有人的心的招数。

乱不正经小点子

大多数的火车站都附设旅客服务中心，可委托他们代订住宿地方（偶尔要付一些手续费）。要不然，火车站附近也有不少旅馆，行李太多，或一早要赶车赶飞机，倒可以考虑就近住住。

倘若走出火车站，放眼望去没有旅馆，与其冒险背着大件行李用走的，不如派两个代表去找。否则就会像我们一样，活活走断两条腿。

三更半夜在普罗旺斯发现绿洲

火车旅行久了，听人说起租车旅行多么自由，于是，我计划了德国黑森林、法国普罗旺斯、西班牙巴塞罗纳的行程。

这才发现开车旅行虽然自由，开车的人却很辛苦，驾驶座旁边的人也不得闲，必须盯着地图或路标，否则一不注意就会开错方向。又因为选择住宿地的机会多了，意外的状况也跟着发生。

之前读过很多跟普罗旺斯有关的书籍，不由幻想起住在乡间的浪漫景致，从艾维侬（Avignon)开始，一心就想找个乡间小屋来住住。

∷ 只想住在乡间小屋看星星

因为是9月，天黑得晚，下午5点多，太阳的威力还挺大的，经过了索尔格，打量人来人往的盛况，我说了句，“太热闹了，不好玩，换小一点的镇吧”！我年纪大，话说了算，扬扬即刻往下一站驶去。不久，就看到了梅纳（Menerbes）的标示，哇！太棒了，那不是《山居岁月》的作者彼得·梅尔提过的地方吗？

兴高采烈地绕着狭窄的山路蜿蜒而上，三三两两的游客挨着古老的围墙边欣赏落日，我也凑兴地挤过去拍了一张照片，凉风习习，倒是个离群索居的安静所在。但是，小慧却说了坏消息，四周只有两三家餐厅，没有旅馆。如果在这儿吃完饭再下山，大概要准备在野外打地铺了。

只好百般无奈地下了山，看手表快8点，心中有点紧张了，我却不动声色，照着指标上画了床铺或写了H的路标开去，在拉科斯特（Lacoste）、阿普特（Apt）之间问了好几家旅馆，都客满了，有些甚至有指标，却不见房舍。

天色愈来愈暗，扬扬和小慧的抱怨声开始出现，怪来怪去还是我的错，要什么浪漫，要住农舍，现在大概要睡农地了。偏偏普罗旺斯的初秋还真热，一身是汗，黏腻异常，真要睡在车上，头号敌人就是蚊子要对付，荒郊野外的，万一遇了抢，我那美丽的女儿可不能有一点危险。

我没脸回嘴为自己辩护，只好缩在后座悄悄祷告，求上帝看在我这张老脸丢不起的份上，无论如何变一家旅馆给我们，再贵我都住了。

就在我们不停原地打转，找不到出路时，小慧突然说："我记得不久前经过一条街，好像有一个旅馆的大招牌，看样子应该有空房间。"

已经事隔一个多小时，小慧的记忆可靠吗？扬扬很怀疑。我跟小慧走过好几趟自助旅行，见识过她的记性，照着她说的，只是左弯右转了好几个路口，十几分钟后，在漆黑阴暗的街道上，隐约有个招牌竖起在一栋两层楼的房舍屋顶上。屋外的空地是一片碎石、泥土地，停了货车、油罐车和两辆小轿车。

问了老板，知道还有空屋，我这人的老毛病又发作了，竟还问老板，“我可不可以看看房间？”扬扬骂我这节骨眼还挑剔，赶快把行李抬上楼吧。

看了房间，含浴室在内260法郎，平均一个人400多台币，还真便宜。推窗出去，可以看见月亮和星星，我点了头。

抬行李时，学了一点简单法文的小慧惊叫：“妈妈，你知道这间旅馆叫什么名字吗？”我哪看得懂法文，“这旅馆叫‘绿洲’耶！”

对我们来说，它真的是沙漠中的绿洲。

∷ 肚子很饿，可是却看不懂菜单

走进旅馆楼下附设的餐厅，老板娘笑眯眯地问我们要不要吃晚餐？并且领我们去看自助沙拉，二十几种生菜，还有调味料，看得出是道地的普罗旺斯料理。

但是，主菜要怎么点？是套餐还是单点？我们一定要弄清楚，别像瑞士格林德尔瓦尔德那次，旅馆杀了价，却吃了一餐又难吃又昂贵的晚餐，那才亏大了。

菜单上是法文，小慧耸耸肩，她看不懂，连牛鸡羊鱼她也分不出来。老板除了会回答有无空房间外，也不会说英语。环顾餐厅内的客人，几位卡车司机，一对老夫妇，还有一桌是母子三人，只是看着我们一直笑，却帮不上一点忙。

常听人说法国人高傲，尤其讨厌人家说英语，这下子我们死定了，看看时间已接近11点，干脆随便老板料理吧！

这时，那桌母子三人中将近30岁的两个儿子走了过来，跟小慧索阅她手中的旅游书，翻到中法对照的地方，再帮我们翻成英文。翻译完主菜，他们又翻译饮料、甜点、咖啡……花了半个多小时，终于可以上菜了。

跟他们母子三人合拍了照片，以资纪念，目送他们离去，原来是住在附近的居民。当我们开始享用晚餐时，已接近12点，吃得快要撑死，老板问我们要不要甜点或咖啡，我们担心又要加钱，而且也吃不下了，可是又不忍心拒绝。

勉强塞进肚子，连大胃王扬扬都要讨饶了，心想这一餐算下来，要超出预算了。未料，老板开出账单，一个人不到70法郎，而且，我们吃的是套餐，真是俗搁大碗（结束普罗旺斯之旅，我们三人一致投票，这一餐是最道地的普罗旺斯餐）。

洗完澡，熄了灯，我趴在青色的木窗口，望着清白的月，轻声哼着我的广播节目《天使不打烊》的主题歌，觉得这真是一家天使客栈，住了好些萤火虫天使，点着灯笼为我们照亮了路。

乱不正经小点子

到一个陌生城市，人生地不熟，最忌讳天黑以后抵达。通常在中午以前的旅馆空房多，选择机会大，愈晚就机会愈少，偶尔可以在青年旅馆找到空房（但必须先办妥青年证）。

万一找不到旅馆，不要乱了阵脚，东怪西怪，坏了交情。冷静下来，好好讨论。要知道，危机就是转机，患难生忍耐，忍耐生老练，老练生盼望，柳暗花明又一村。

马罗卡岛豪华地板游

西班牙的巴塞罗纳附近有个巴利亚利群岛，包括梅诺卡岛、伊毕萨岛、佛曼特纳岛及马罗卡岛（Mallorca)。因为时间不多，再加上友人推荐，我们选择了马罗卡岛。

为了贪喝Replay的一杯咖啡，等我们从咖啡厅走出来，原来晴朗的天气竟然雷雨交加。想要搭计程车到码头赶11点半的船赴马罗卡岛，等了半天，不见一部空车，马路积水的速度相当快，跟台北倒是很像，害我有点想家了。

那么大的雷雨，说不定船会停开，想打电话去问，翻遍全身也找不到电话号码。眼看快要11点了，船票的损失可不便宜，我果断地订下期限，11点整还没有计程车，就改搭地铁，大不了冒雨再走一段路，虽辛苦，至少时间掌握在自己脚上。

冲进地铁站，已是浑身湿透，一群落汤鸡挤满整个地铁月台，简直就像宰鸡场。怎么回事？问了人，才知道地铁站淹水，暂停开车。我的妈呀！这一等要多久？没有人知道。

:: 连地铁站也淹水，太夸张了

幸好10分钟后车子来了，冲出地铁站，最热闹的兰贝斯大道也淹水到小腿肚，只好脱了鞋子，背着行李涉水拼命跑。港口的天空掠过一道道闪电，可别电死在哥伦布雕像下。

船准时开离码头，刚套好鞋子的我，以为人人像我们一样狼狈，没想到他们西装笔挺，好整以暇地走入豪华卧铺。

为了省下三分之二的票钱，我们没有买卧铺，打算坐一夜。羡慕外带嫉妒的情绪刚要升起，就发现我们的座椅也很舒服，除了不能平躺，还有电视欣赏，想喝饮料，花点小钱就可以买，想欣赏夜景，转个弯就可以走到甲板。

于是，我们每人占据一排座位，把脚跷起来，准备好好休息。可是，怎么睡都不舒服，不是被把手顶着背，就是腰酸得挺不直。

灯一盏盏熄了，情侣互相依偎着取暖，渐渐睡去。小慧不理我，扬扬是个大男生，我总不能抱着他睡吧！怎么办？

除了腰酸背痛，冷气逐渐加强，愈来愈冷，我只带了一件薄夹克，根本挡不住冷气，盖了胸口，冻了脚，盖住脚嘛，颈胸之间凉风飕飕，刚才淋雨的水汽还没干，万一感冒了可不是好玩的。

打量了一下脚底的地毯，看样子不太脏。我灵机一动，把暗红色椅垫一个个拆下来，铺在地上，平平躺了下去，虽然闻到一阵阵的脚臭味袭来，至少，腰背舒服多了，冷风也被挡住不少。

∷ 我搭的是北极冰船吗？快冻僵了

睡不了多久，我开始打哆嗦，愈来愈冷，放眼望去，每个人都睡得无比安详，只有我，唉！看样子，是要感冒了，再不想法子取暖，下船时就变冰柱了。

幸好脑子没冻僵，还能思考，放眼望去，船舱的红色窗帘又厚又重，应该可以派上用场。反正大家都睡着了，船舱的服务员也不可能来巡查，一不做二不休，爬上椅子，拆了两大片窗帘，一片赏给小慧，一片留着自己用（扬扬不知躲到哪儿避寒去了）。

躺着软软的椅垫，盖着厚厚的窗帘，不由得回想到在英国睡火车站那次的经验，比较起来，这回还豪华得多呢！

一觉醒来，天空已经刷了白，我翻身坐起，迅快地把窗帘和椅垫恢复原位，走到甲板上，用力地伸了一个懒腰。

好美的早晨，阳光轻柔地抚过地中海蓝宝石一般的水面，喝着热腾腾的咖啡，我仿佛正要走入仙境！

乱不正经小点子

搭渡轮过夜，可以省下一夜的旅馆钱，自助旅行者通常都不会睡卧铺，因为比较贵。可是，船舱里的冷气很强，入夜了几乎忍受不了，好像故意开这么冷折磨我们这些不捧卧铺场的人。所以，上船时，随身行李里要准备一件厚外套，如果要到甲板赏月看星星，一顶帽子不可少，否则头被吹掉了，或是鼻子冻僵了，不要怪我没警告你。

忽冷忽热的狄南小城

当我们从法国北部的康佩沿路玩到了勒恩，打算转车到不列塔尼半岛的古城狄南，不过黄昏7点多，火车已经没了班次。幸好巴士还有一班9点多的，但我已心知不妙。自助旅行最忌讳夜晚赶到新地点，既买不到地图，旅馆多半也已关门。

趁着尚未开车，赶忙请问巴士司机，狄南什么地方有旅馆?

卷发的年轻司机酷酷的，不过人倒挺热情，虽然他听不懂英语，却立刻热心征求会说英语的法国乘客。透过翻译，司机一脸歉然，说这个时候找不到旅馆了。看我们一副要哭要哭的，他顾不得发车时间已过，索性好人做到底，连忙下车去请教上级主管。

:: 司机帮忙找旅馆，车都不开了

他的主管比他更积极，赶忙由勒恩打电话去狄南探询，也是一脸歉然地回说，因为狄南正在举办艺术市集，挤满了观光客，他劝我们今晚最好住在勒恩。

经过表决，外加我的暗示（找不到旅馆，大不了睡车站，因为他们都听说过我在英国湖区睡车站的精彩经验），大伙决定冒险冲向狄南。

懂英语的那个人知道我们的决定，一直劝我们留在勒恩，说那样太冒险了。就是因为冒险，我才有写作的素材啊！不过，这想法可不敢给同伴知道，否则不骂我是个被虐待狂才怪。

约莫50分钟的车程，半昏半醒的不敢闭眼，接近目的地时，只见巴士正驶在断崖边的高架桥上，桥下的港湾灯火闪烁，狄南到了，一家家的旅馆招牌都还亮着灯，不由得松了一口气。

乘客在终点下车后，巴士司机干脆好人做到底，把我们载去旅馆较多的市中心。连问两家都客满后，挑了一家楼下是餐厅的旅馆，略谙英语的侍者很客气地招呼我们，老板娘却冷着一张脸先问我们吃不吃晚餐。

我们看菜单价码不便宜，就摇摇头说吃过了。她立刻很势利地说，没房间。还是侍者比较好心，说有两间双人房，我们6个人勉强可以挤一挤。

老板娘见骗不了人，只好让侍者领我们去看房间。房间位在两条巷子后的危楼里，楼梯阴暗破旧、地毯黏腻肮脏，床铺窄小到只睡两个人都可能掉到地上，阵阵尿骚味从布帘后的马桶传来，好像几百年没人住的鬼屋。

一间房290法郎，不含早餐，三个人分摊，并不便宜。没人说好，却也没人敢说不要。老板娘却限我们5分钟内作决定。

∷ 老板娘拿跷，我们干脆走人

悄悄去别家旅馆打探的同伴皆无所获，看样子这是狄南惟一还有空房间的旅馆，只好点头接受。

填完住宿资料，刚接过房间钥匙，老板娘一听我们不打算吃早餐，深怕我们会落跑似的要我们先付房钱，还不准刷卡。虽然向来都是退房才付钱的，但我们已累得快瘫掉了，懒得跟她理论，只好掏光了身上的现金，勉强凑齐了给她。

转身正要走，她又叫住我们，说每间多睡一个人，还要另加 15 法郎“水钱”。

阿慈受不了她这样反复无常，几乎要开骂，老板娘看出我们的不悦，盛气凌人地凶我们：“不想住就不要住。”一把抢过钥匙，说她不租了，还命令我们先退还她找的零钱，才把大钞退给我们。

其他同伴见她气焰太盛，宁可流落街头，也不接受欺凌，要做也做一个有骨气的中国人。

市中心广场放射状的六条岔路，每条路都已灯光黯淡，回想起在澳洲的企鹅岛曾借住过餐厅，遂想如法炮制，却没有一家餐厅愿意接纳我们。

这才体会出耶稣降生马槽前，马利亚找不到旅店的痛苦，幸好我们没有人临盆在即。

一家家pub关了灯，夜游的人也一一骑机

车走了，连火车站也锁了大门。坐在路边一筹莫展，我只好跟大伙道歉，怪自己坚持要来狄南，害大家在街头流浪。

凉意阵阵袭入毛孔，大伙缩坐在一块儿，互相取暖，醉汉时不时前来骚扰。担心女生被欺负，我们连法文的救命都不知怎么说，有人提议叫警察！对了，我们可以向警察求救。

∷ 天愈来愈黑，向警察求助有用吗

急呼呼拦下巡逻的警车，说明我们的困境，感谢上帝，其中一位会说简单的英语。

起初他一直摇头，说他实在爱莫能助。我们不断哀求，说我们是从遥远的台湾来观光，听说法国人最有爱心了。这句话打动了他，点头答应找找看，五分钟后给我们回音。

左等右等，快半小时还不见人影，唉！警察毕竟跟我们非亲非故，连台湾在哪儿都不知道，怎么可能管我们死活？

绝望的我，拎起行李，决定搭清晨头班火车离开这个伤心地，离开法国。小云坚持再等五分钟，她直觉那个警察不会骗人。果然，五分钟后，警车出现了，我们一拥而上。警察面露愧色，道歉再三，说是特别节日，平常不会客满的。

虽然失望，我们仍然谢谢他们的费心劳神。大概是我们的背影充满了悲伤、孤单，令他们不忍，我们刚刚转身，警察叫住我们，说他们决定再试一次，要我们再等五分钟。这一去，不晓得是不是又要一个小时？又是一次希望落空？

十分钟后，警察出现了，带来了好消息，旅馆在两公里外，有两间双人房。两公里就两公里，反正警车会送我们去。

小为兴奋地直嚷，他向来守法守分，从未坐过警车，这种特别的经验，他回台湾可以说上几天几夜。

客栈老板娘睁着惺忪睡眼领我们入房，干净的床铺、可爱的窗帘，可比马槽舒服得太多。

刚刚摆平在床上，这才想起忘了问警察的姓名，要不然还可以请台北市市长送一张感谢状给他们，或是跟狄南缔结姊妹市。

小年问我，客栈离城两公里远，没有巴士，也没有计程车，早晨难道要拖着二三十公斤的行李走路进城?

没人有力气回答这个问题，这时候，睡觉第一，都快两点了。嗯，在我睡着前，惟一能确定的是，法国人有冷心肠的，也有古道热肠的。

乱不正经小点子

找不到旅馆，除了睡车站、睡餐厅、睡夜车，更可以找找警察的麻烦，他可能帮你找到旅馆，可能请你吃晚餐，甚至于请你去他家暂住一宿。就是不能为了有地方睡觉而让别人侮辱了。

塞翁失马，焉知非福？有一回到了瑞士少女峰的韦根，旅游中心订的旅馆条件不太理想，满是霉味，又离浴室好远，摄氏一两度的天气，怎么受得了。我就近去找了另一家旅馆，结果又便宜又干净，竟是一家基督教的连锁旅馆。

走到哪儿睡到哪儿

乍听起来，自助旅行挺好玩的，每天都有一堆新鲜事。话是不错，至少很自由，不必把一堆时间浪费在集合、上厕所、shopping上头。可是，因为没有游览车随时招呼着，必须靠两条腿辛苦来去，即使搭巴士、换地铁或是坐电车，也还是要上上下下的。

通常清早六七点起床，夜里要到八九点回旅馆，扣除吃饭、搭车、小憩片刻的时间，一天大概要走七八小时的路，再加上背的行李又重，没有过人的体力，哪里撑得住。

像我体力差，每回一起旅行的同伴都比我年轻，我最怕拖累别人，被人讥笑我老了不中用，只好勉强跟着走。

怎么补充体力呢？那就是走到哪儿，睡到哪儿，随时找机会充电。反正在国外，也没人认识我，管他形象不形象，保命要紧。

∷ 世界级的博物馆，成了我的睡榻

有时候走着走着，眼睛就要闭上，不睡一下非撞车不可。第一次在德国科隆的埃及博物馆，我用最快的速度参观完，找了个干净的台阶，坐下，脸埋在膝盖上，很快就睡着了。馆里的解说员看我半天不动，好心走过来，问我是不是不舒服，我只好随便比画说自己头痛。事后好几回，我都用这招睡遍了各大博物馆。

此外，我睡过的地方多着呢！

巴黎塞纳河，花了15法郎买船票，船顶风大，同伴跑上跑下忙拍照，望着两岸的圣母院、罗浮宫，不时传来惊呼，我却觉得巴黎铁塔不比万里长城伟大。

透过广播的解说又是英语、又是法语、又是意大利语、又是日语，就是没有中国话，机械化的腔调，听了吃力也听了头疼，干脆躲进舱里避难。

夕阳隔着玻璃柔柔射入，我像奶油酥饼般仰躺椅子上睡着了，隐约听到前座的外国观光客笑我花钱睡大觉，我却照睡不误。船靠岸时，我才醒来，伸了个懒腰，这觉睡得真过瘾，有谁像我一样体会过“两岸风声停不住，轻舟已过塞纳河”的意境。

认真算起来，我每次睡觉都跟河有不解之缘，例如莱茵河那次，从科布林兹到梅因兹的慢船（用europass可以免费搭乘）已经开走，为了赶时间，只好花钱搭快船。

怎么也没想到，快船不停靠小码头，我们无法下船参观，天气又阴暗，沿岸的景色也打了折扣，照片也没得拍，再加上不知是柴油还是煤油的味道随着风向四处飘散，熏得我们根本无处可躲，我决定做一件最有意义的事——睡觉。

∷ 莱茵河畔，响起了我最迷人的鼾声

莱茵河畔的风里是否被人洒了迷魂香，每回遇到她，我都

是睡意深浓。另一回去德国史派尔古城探望华娟，她领着我们参观史派尔大教堂，又累又刚好是下午，35℃的天气，实在走不下去了，挑了莱茵河畔的啤酒屋喝啤酒。

白天喝啤酒，又是在大太阳下，还是头一遭。虽热，想着葡萄架下的那种浪漫，我又可以大书特写一番了。

河边连着好几家啤酒屋，没有喧哗，也没有垃圾，很舒爽的乡野设计。我们点了花枝圈、薯条、生菜沙拉……阿亮、阿丽跟华娟东拉西扯谈旅游，河里有人在戏水，嗜吃的我，却没一点胃口，顾不得是否失礼，借口不胜酒力（天晓得我才喝了一口酒），趴在桌上，就沉睡在史派尔热乎乎的午后艳阳里。

∷ 我是西敏桥流浪的一个过客

最鲜的是在伦敦那次，因为搭早班机抵达，时差还没调过来，勉强跟瞌睡虫对抗，参观了伦敦塔、西敏寺，因为住得离市区有段距离，想在城里玩久一点，在西敏桥拍一些大笨钟的夜景。

可是实在走不动了，风又大，而且透着寒意，也不过是7月天，凉成这样，难怪人们受不了伦敦的潮湿。偏偏我的相机脚架出了问题，大伙干脆席地而坐，一方面避风，一方面欣赏夜景。

最后，我被新买的相机打败了，宣布放弃，把连帽外套的帽子罩住头，缩着身体躲在避风角落小憩片刻。

老项瞧着我们四个人都坐在阴暗的桥上，披着色调暗沉的外套，看起来很像需要救济的“游民”。小冉和小慧说，如果把帽子搁在地上，说不定有人会丢钱给我们。

说着，她顺手摘下帽子，朝地上一摆。说时迟那时快，有位路过的人把铜板扔在帽子里，我们还来不及反应，又有一个路人丢钱给我们。互相打量，觉得这玩笑开大了，竟然被当成乞丐，立刻跳起来，正想追过去把钱还给人家，又怕对方尴尬，缩回了脚步。可是，再也没人敢坐在地上，乖乖站起来，打道回府。

不过，糗虽然糗，却让我们见识到英国人的爱心，而且，我们也知道，万一盘缠花完，沦落街头，至少我们还可以坐在桥头讨钱。

乱不正经小点子

虽说我这么爱睡觉，还因为睡过头走了两个小时回原来的地方，可是，紧要关头，我是不轻易睡着的。例如火车的卧铺，或是在火车上过夜，因为车厢不能锁，万一宵小闯入，重要财物丢了，后面的行程怎么办？有时候旁边睡了个陌生人，更是不能掉以轻心。尽管同伴们都呼呼大睡，我还是保持适度的清醒。所以，万不得已，我是不坐卧铺的。

Part6 Part6 Part6 Part6 Part6 Part6 Pa

对不起，真是错得离谱

Part 6

自助旅行的弹性极大，
今天吃了豪华大餐，
下一餐可能就是啃法国面包。
这还是小事，万一有人生病，
掉了证件，遇了抢，
或是行程出了问题，搞坏了情绪不说，
可能从此变仇人。
太没度量的人，就注定要吃大亏了。

公款掉了，谁要负责赔

如果一次旅游几个国家，又在边界穿来窜去，皮夹里的各国钞票，到最后就会混成一团；买东西付账，摊了一桌子五花八门的钱钞，让店员随便挑，后头等待付账的人排了一长条，实在蛮丢脸的。

有的时候，5法郎的门票，却拿了百元大钞给人找钱，也是挺麻烦的；万一那是冷门博物馆，可能等个一上午也没别人来，总不能因此就放弃参观吧！

所以，第一次自助旅行时，我们在分工合作认领不同工作时，莉亚负责集合与叫起床，雪柔负责问路订旅馆，我负责看地图规划行程，贝蒂则负责收钱与管理支配公款。

一路都很顺利，像门票、电车票、矿泉水都是统一支出，省了大家到处换零钱的麻烦。当我们到了奥地利的小镇梅尔克，除了在多瑙河畔散步，还可以租脚踏车领略乡间风光，我们临时决定多住一夜。

∷ 掉了钱，只好上警局

在银行换了钱，续租了一天旅馆，上了洗手间，准备展开自行车之旅，贝蒂突然尖声惨叫：“我的钱掉了，我的公款掉了！”

“多少钱？”大家异口同声问，心想，一点小钱没什么关系。没想到贝蒂竟说：“5张1 000奥币。”啊？那不是合台币2万多，不得了，这可是大家的钱啊！这下子，全都紧张起来，问她去过哪儿？钱放在哪儿？虽然心疼，就是没人敢责备她，怕她更难过而嚎啕大哭。

冲回厕所，不管是马桶、洗手台，都检查了，还是没下落。会不会有人捡到送警察局了？奥地利人都蛮好的，确实有此可能。

经过旅游服务中心的人指点，我们走了一段斜坡，找到了门口有老鹰标志的警察局。我们很紧张，警察却很客气，只是他们会说的英语有限；我们想，要花那么多时间沟通，还有行程要走，商量后，决定放弃报案，跟他们说了谢谢，就要离去。

记得我在台湾惟一的报案经验就是家里遭小偷；报案时，警察先训了我们一顿，怪我们不装铁窗，继之又说，像这种小偷很难抓到，连笔录也不记，更别说是到我家采证了。所以，我对报案没信心。

哪想到梅尔克警察的热心，超出我们的预期，他们留住了我们，而且巨细靡遗地问得很清楚，先是问清了可能的遗失地点，帮我们打了几通电话查询，知道目前暂时没有人拾获，就影印了我们的护照，留下我们在台湾的联络地址。

起初他们是用手写的，怕我们看不懂，不能分辨他们书写的是否正确，就改用打字的，同时问明了我们下榻的旅馆，下一站的落脚处，维也纳的朋友电话。因为沟通有些困难，我充分发挥学生时代最擅长的比手画脚，外带临场演出；例如，我们明天就要离开梅尔克，他们不了解，我们就翻开月历，指到那个日期，然后我做出外面跑的姿势，他们立刻点头表示明白了。末了，几乎全警察局的人都过来帮忙，害我们挺不好意思的。

:: 奥地利警察的热心，太让人感动了

折腾了一个多小时，终于在警察不停的道歉，以及保证拾获了就会归还声中离去。猜想警察这么清闲，表示梅尔克的治安不错，我们的钱大概有希望找回来。即使找不到，能认识这些陌生警察的热情，也算不错了。我才说没几句，谁知贝蒂就哭了起来，说她对不起大家，把钱搞丢了。又说她管钱压力好大，又要担心弄丢，还要记账，加加减减算各种零头，她受不了了。

我们虽然心疼钱丢了，可是也没打算要她赔。不过，看她哭得那么伤心，至少明白了她一路所受的压力，也很高兴这件事让我们知道她这一路其实并不快乐，决定即刻开始，各管各的钱，万一缺乏零钱，自己事先换妥，若有任何借贷，自行负责。

之后的行程都采用这种方式，倒也避免了许多不必要的误会。

乱不正经小点子

一起旅行，吃的部分最难分摊，因为有人吃得多，有人吃得贵，谁也不愿意吃亏，久了，心里就会犯嘀咕，认为别人占你便宜。如果是夫妻或亲子一道游，还比较没问题。同时，出门在外，难免遇上钱财遗失，最好把金钱分开放，分摊风险。可别便宜了扒手，一次就偷光了你全部家当。

对不起！我不是故意要逃票

随团旅行很方便，只管上下游览车，只要不搭错了别团的车就好。可是，自助旅行不同，有时候一天要换好几种交通工具，地铁、电车、巴士等，用的票也是各种模样，有单趟的，有来回的，还有方便观光客的一日票、两日票、一周票，或一本十张的回数票。

可是，不管哪一种票，在第一次使用时都要由司机盖上日期。可是，有时候，电车有好几个门上下，盖不盖章，各凭心证，因为晚一天开始盖章，你的票就可以多用一天。偶尔会有稽查人员，查到你没买票，就会罚款，至于罚多少，那就要看各国的规定。

一般来说，旺季人多，很难挤上车查票，比较少查；而淡季观光客少，稽查懒得查，也很容易逃票。

我们胆子可没那么大，胆敢逃票，如果被抓了，那是很丢脸的。我一直记得以前搭火车通学时，惟一的一次逃票，又紧张，又害怕，结果就被逮了，简直不知道该把脸搁到哪儿，到现在还记得那种窘迫不安的感觉。况且车票钱跟机票或火车联票的价钱比起来，实在不算什么，大钱都花了，干吗要省小钱。

:: 根本没人查票，干吗买票

可是，一路从阿姆斯特丹、海德堡、慕尼黑、维也纳、萨尔斯堡玩下来，都相安无事，而且发现不少人都没买票，自由上下，不由得蠢蠢欲动。当我们抵达曾经举办冬季奥运的因斯布鲁克，因为住在阿尔卑斯山脚下的郊区，进出都要搭电车，我们就买了两张五联票，备而不用。也就是说没有盖启用日期的章，到时候，可以假装我们不懂得要盖章。

第一天平安度过，心想赚到了(一张五联票要奥币47元)，有一丝窃喜。第二天就要离开因斯布鲁克，上车时，我们盖了启用章，才不过坐了两站，稽查上来了，要查票，全车就只有十来位乘客，我们根本无处可逃，活活被逮。

因为，一张联票只能供一个人使用，我们等于有两位逃票，稽查立刻要雪柔拿出护照检查有无签证。我们还在做殊死斗，说是我们有买票，不知道五联票不能一起合用。

可是，稽查先生不听，请我们下车，全车乘客都在看我们(虽然只有七八双眼睛，也够让我们中箭倒地了)。我这才知道，为什么他们都没买票，却没被抓，因为他们是当地人，使用的大都是月票，所以没看到他们上车时盖章。

稽查坚持要我们去警局，我们却不肯，他还要拿走其余人的护照，我提醒同伴们切切不可，因为可能会吃上官司，而我们又不懂当地的法律。结果，我们立刻采取低姿势，跟稽查道歉，说我们愿意付罚金。他开出的价钱吓坏人，一个人要缴250

元奥币，等于5倍的罚款。掏出我们所有的奥币也不够付，讨价还价半天，一个人改罚220元，才算了事。

∷ 丢脸丢到了奥地利

阳光是那么的温柔，却照出了我们内心的黑暗，只为了贪图一点点的小便宜，结果付上了5倍的代价，还有台湾的颜面，因为，至少稽查知道我们来自台湾。

我们都是低着头走路的，尤其是我和雪柔，两人都是基督徒，竟然也跟着一起沉沦，实在丢透脸了。我一直问自己，我要怎么跟人分享这段旅程的经验？

之后，我们搭缆车上海拔2 000多米的哈飞尔卡山，没想到，山下是阳光普照，到了海拔1 900多的赛古路贝，雨丝变成了雪花纷飞，山上竟然看到出乎意料的雪景。虽然，惊喜的心情，被刚刚的逃票减损不少，但是，我知道，上帝听到了我们的祷告，他告诉我们，这雪已经洗净我们的罪，下一次，不要再犯了。

乱不正经小点子

真的，我不再逃票，也劝别人不要逃票。

到捷克布拉格那次，买的是二十四小时的有效票，可搭地铁和捷运，启用时也要打卡。刚要出站，就遇到稽查，好多人被逮，我们正庆幸都买了票，小云却被拦下，硬说她逃票。我们被弄糊涂了，她明明有买票，也打了卡，到底是怎么回事？他的理由是小云的卡打错了一头，所以要罚钱。小云不肯，他就要她去警察局，态度非常粗暴恶劣，就像土匪。心想这样的国家，很难理论，心不甘情不愿地罚了钱。所以，即使打卡盖章，也要记住：不——要——盖——错——头。

管闲事捡到了鳗鱼苗

拖着行李箱，我们一行四个人半带兴奋、半紧张地踏进阿姆斯特丹的斯基埔机场，守候接机的人举着牌子，就是没有找我们的。小梅还没到吧！跟她通了几次电话，采访过她一次，谈她的荷兰丈夫，就是没见过她本人。她长得什么样？她会爽约吗？

小梅没见着，却一眼瞧见一张瘦削的黄面孔，鳗鱼苗似的小眼睛，毫不掩饰地露出怯意，不时偷瞅我们几眼，有什么企图，还是我们的皮肤颜色相近？

小梅终于出现，爽朗的笑声，如假包换，她把预定的旅馆地址电话交给我们，边听着她的声声嘱咐，鳗鱼苗就挨了过来，微卷的头发隐约透出汗味堆积的酸败，不合时的外套绉缩着，他不停吞咽口水，考量着如何启口。

“帮我一个忙，好不好？”他不断重复说，好像他这句话已在肚子里复述了几十遍。热心热肠的小梅忍不住问他到底什么事？

他结结巴巴说自己从内地来，跟哥哥约在法兰克福见面，但是，他哥哥没有德国签证，无法去德国接他，他只好飞来荷兰找哥哥，他边把哥哥的联络电话给小梅看。

“我不知道怎么找我哥哥？”他嘟囔着。

小梅不由得皱起眉头，说那电话是一家旅行社的，专门替内地客办手续。可是，旅行社要9点上班，现在才清晨7点，根本无法联络。小梅是很想帮他这个忙，但是她立刻要去接一个台湾团，就要我们顺便把鳗鱼苗带去中央车站。

荷航的柜台职员好心提醒我们，鳗鱼苗是个麻烦人物，他已在机场混了一天一夜，他们给过他钱打电话、买食物，他还是吵个不停、喋喋不休。

他是要找另一张黄面孔吧！虽然我们也是第一次踏上荷兰土地，东南西北还搞不清楚，但是，看在本是同根生，就顺便带他一程。

∷ 他从故乡来，却不爱那个故乡

火车上，鳗鱼苗毫不避讳地掏出他身上所有的钱，一张张铺平，再一张张反复算着，也不过几百美元，够他花多久呢？他到底是偷渡客还是非法移民？他一句英语也不会，来了要怎么立足？怎么生存？

抵达中央车站，面对迷魂阵一般的通道，大小不同的指标，还有睡在角落里的流浪汉，我们时时提高警觉，担心遇到扒手。按照原订计划，大伙分工去换荷币、索取地图、买车票、接洽旅馆……忙得头都晕了。

鳗鱼苗才不管这些，扯着我们的袖子，吵着要打电话，我们跟他解释还不到9点，没有人接的。他好像听不懂我们的话，愈吵愈大声，一副要哭的样子："你们要负责，是你们把我带来这里，我好害怕，我要迷路了，我要回机场。"

我们只好暂停一切计划，尝试帮他拨电话，果然没人接听。我们要他站在电话旁等我们办完事再来陪他，他却根本不听，像蚂蟥一样粘着我们，怀疑我们随时要找机会偷偷抛弃他。

没两分钟，他又吵着说："我肚子饿，我要吃东西。"我们都还没吃东西，他就这样不懂事，要不是地上太脏，他大概要坐在地上撒赖了。

我本来还很同情他的，为了他被同伴责备我多管闲事，这时因为时差，睡眠不足，火气也上来了，忍不住埋怨他："谁要你跑出来，乖乖待在内地不好吗？"

他好委屈地说："内地没有钱，内地好苦。"

我真想说，那是你的家啊！再苦也要努力打拼。可是，我没有说出口，一个人会连家都不要了，跑到陌生的国度来冒险，不就表示他对国家的彻底绝望吗？

∷ 成了游魂，寻找另一个落脚处

闹到后来，我们也被吵烦了，他看我们暂时不会帮他打电话，干脆就说："不打电话了，我要回机场。"

这下换我们傻了，好不容易才来到市区，拖着一堆行李，谁有功夫大老远再送他回去？同伴开始有声音了，互相责怪为什么捡了这么一个烫手山芋。

正好车站的警察先生巡逻经过我们身边，我们立刻过去求救，警察先生二话不说，点头接下烫手任务。

又高又壮的警察一边一个护卫着鳗鱼苗，他显得如此瘦弱，拎着布包，踏着沉重的步伐缓缓前行。

他没有再回头。我却永远忘不了那张忧戚的黄面孔，还有那对泛着泪光的鳗鱼苗似的眼。不知他最终有没有找到他哥哥？或是重回内地？还是成为异乡的另一个游魂？

乱不正经小点子

有点辛酸，对不对？只身在外旅行，我们常会遇到求助的人，例如搭顺风车的，例如要求分享吃食的，例如问路的……我们总是在能力范围内帮助他们。可是，也怕受骗啊！有一回，就在阿姆斯特丹，遇到台湾来的女孩，找不到旅馆，问我们可不可以共宿一宿？同伴未征求我们意见就答应了。最后，被我否决。

不是我狠心，而是，我们也怕啊！万一，她趁我们熟睡，偷了贵重财物，那该怎么办？请慎重决定，是要冒险助人，还是，收敛爱心？

看不到乳酪，见到吃乳酪的人

搭火车，经过许多国家的不同城市，最辛苦的莫过于不同文字的站名，稍不留意，就会看走眼，结果，就下错了站。

有时，为了怕过站，学会了先请教列车长，他就会告诉我们几点几分到；比较尽责的，还会亲自跑来提醒我们（当然不是用跑的，我夸张了点）。路程比较远的，为免列车长忘了，他每查一次票，我们就问一次，很少会不耐烦的。

最怕的是，万一火车误点，我们极有可能下错站。

有时问得很烦，或是大家都睡了，就剩我一个人紧张兮兮，心有不甘，我也睡了。尤其是旅游经验多了，心想，过站就过站，没什么大不了。反正用的是europass，可以重复使用，下车再换一班就好了。例如，在瑞士的因特拉肯（Interlaken），忘了有东站西站之分，提早下车，只好改搭下一班，耽误大概半个多小时，顶多影响登少女峰的时间。

虽然下错站经验好几次，总想着不错最好，因为时间就是金钱。那别人都不在乎，倒霉的就是我这个紧张大师了。

已经是第三次到阿姆斯特丹，每次都会找一个附近的城镇玩玩。既然荷兰乳酪有名，阿克马（Alkmaar）的乳酪市集在周五，豪达（Gouda）的市集刚好在周四，就挑了豪达上路吧！

∷ 搭火车，正是睡觉好时机

大清早搭火车，小慧就不怎么清醒，扬扬又是个夜猫族，我独自看着资料，盘算着一小时车程很快就到。谁知道，9月的气温太适合睡觉了。迷迷糊糊间，看了手表，正是到站时刻，一见站牌，有个GOUDA字样，赶快推醒他们，抓了背包冲下车。

这个时间，应该很多观光客来看乳酪市集的，怎么就只有我们下车？是弄错时间了吗？等出了站，见这站出奇地迷你，连一份地图都要不到，我就知道，下错站了。

能怪我吗？谁要他们睡着了。他们一副无所谓的样子，我却火死了。因为一大早他们就拖拖拉拉耽误不少时间，这会儿，他们又说，反正他们对乳酪市集不感兴趣，是我一个人想要拍照。

偏巧底片又出了问题，怎么都无法装妥，心情更坏，坐在地上不想起来。小慧只好安慰我，说不定市集还没结束。搭了巴士赶去，想问司机市集的确实地点，他却听不懂英语；拿书给他看，他才拼命点头。

虽然终于到了市集，却已是10点多，过了乳酪市集的时间，各摊位已在收市。想着就不甘心，眼泪都要掉下来了，千里迢迢赶来，就这样空手而回吗？

:: 即使失去了标的物，还是可以找到快乐

坐在路边喝咖啡，太阳有些辣，花了我的眼，心却沉静下来。我本来也不爱吃乳酪，只不过想凑个热闹，拍了照，证明我来过而已。那不跟一般观光客站在凯旋门前合照“到此一游”同样ㄙㄨㄥ吗？

这样一想，气就消了不少。与其看乳酪，不如看看这些跟乳酪朝夕相处的人，是不是也像乳酪一般营养丰富？充满欧风呢？

于是，我在还没收市的摊位之间巡游，拍了当地人的生活百态，他们的喜怒哀乐，吃了一顿道地的午餐。还有，照着观光地图，把这城绕了一大圈，遇上了一家卖二手货的店，买了一件不到50元台币的T恤，小慧则买了一双不到200元的靴子。

也许，曾有人穿过这件T恤，在乳酪市场选购他爱吃的乳酪；曾有人穿了这双马靴，辛勤地搬运乳酪……想着想着，好像我曾跟这个小镇的人一起生活过，这一趟并没有白来。

乱不正经小点子

既来之，则安之，到旅游中心索了地图，照着现成的观光路线走一趟。没看成乳酪，看看生产乳酪的人的居住地，也是另一种收获。或是，找一家餐厅，把当地出产的各式乳酪都尝尝看，不也可以？

反正，不管走到哪儿，没看成原定计划的东东，就一定要另找一件替代品，或吃或玩或看，才不吃亏。

只是坐一下，就要给钱？

早就听说英国开销大，所以，计划赴英国自助游，事先编列预算时，扣除机票和英国火车证的固定花费后，我决定将每天的食宿杂费控制在新台币1 000元以内。住B & B和顿顿吃三明治都不成问题，从西敏寺、伦敦塔展开的参观行程，却吓出我一身冷汗。

不论是教堂、博物馆、古堡、大学等，都得买门票不说，每张门票少则两三镑，多则四五镑；进门以后，若要再参观其余的展览馆、教堂，还要另外买票。例如剑桥，每浏览一所学院，就得买一次门票。这么一天逛下来，单单门票就花费台币五六百元，害得我们成天提心吊胆，就怕把现金透支光。

幸好伦敦有很多美丽的公园，是不收门票的，当我们走累了，就可以躺在公园碧绿的草地上小憩一番。

∷ 美丽的公园，可以晒免费太阳

那天风和日丽，走到海德公园，想见识一下举世闻名的

“Speaker’s Corner”，可惜不是星期天，所以没有肥皂箱，也没有高谈阔论、大放厥词的人，倒是草地上摆放着一列列好几十张青白条纹的凉椅。由于伦敦的阳光难得露了脸，凉椅上躺着不少阅报、读书、吃早餐、假寐的人们。

没想到英国的公园管理处这么善体人意，怕我们坐草地坐到狗屎，或是被露水沾湿了裤子。

我兴高采烈坐上椅子，刚刚调整好一个最舒服的姿势，拿出三明治，准备享受物美价廉的午餐，蓦地，有个年轻男孩箭步窜出，好像他已守候多时，该不会要跟我这黄皮肤的人学中文吧！（我在巴黎就被法国人拦下来练习中国话！）

没想到，他冷着一张脸，晃晃他肩上的背包，说：“一个人60P。”原来坐椅子要付费的，而他的背包是一个小型的给票机。

我又惊又气，直觉反应就是跳离椅子，跟他摇摇手，说我不坐了，我坐草地。他却拼命摇头，非要我付钱不可。

以为我是外来客好欺负吗？我理直气壮指责他：“这里既未挂牌告示，又没有事先口头问我们，我们怎么知道要付钱？

更何况公园是大家都可以享用的，你凭什么收费？”

他指着胸前名牌，振振有词说海德公园是世界著名的地方，每个人都晓得要付费。天哪！哪有这样要阴险，简直就是敲诈。

60P虽只是个小数目（合台币三十几元），但我争的是个“理”字，坚拒付钱。但是因为小慧和她同伴坐得较久，我们勉强付了两张票钱，合计120P。接过票根，只是一张3厘米见方的小纸片，非但没有收费单位的名称，而且票额打的是30P。我又被摆了一道。

我气得要去找公园警察理论，小慧直说：“算了啦！不要浪费时间了，还是继续下面的行程吧！”我只好闷了一肚子气悻悻然离去。

回头只见那年轻男孩继续躲在角落，一副老鹰逮小鸡的架势，准备守候他的下一个猎物。英国的年轻人真的找不到工作了吗？赚钱，也不能这个样子鸭霸啊！

乱不正经小点子

这种上当的经验不止一回，在西班牙的马罗卡岛度假海滩也曾遇过，但是，这回我就学乖了，立刻起身，快步走开，不必跟他理论，因为周遭人群众多，他不致追着你要钱。

所以，当你在不该出现椅子的地方，不要随便坐椅子；当你在不该出现食物的地方，不要随便吃东西；同理可证，当你在不该出现人的地方，你就不要随便跟他攀谈，因为你不能确定他是不是好人？是不是人？

德国老太太以为我要抢劫

故事要从我们搭火车到德捷边境的德累斯顿说起。一个大意，又是下错了车站。

刚开始还没发觉，只是在服务中心预定两天后去布拉格的火车票，以及住宿的地方时，觉得柜台人员的英语极差，很难沟通，车站也很小，进出旅客不多，一点也没有中央车站的架势。有个曾经待过英国的15岁男孩，好心帮我们翻译，才知道原来这是个新站。

正是中午时分，民宿的主人要我们四点以后才去check in，可是我们行李这么多，沿路拖着哪儿也不能去，电话里又说不通。干脆不管三七二十一，先过去再说，说不定见面三分情，勉强收纳了我们的行李。

转巴士换电车，总共转了三趟车，才到了民宿所在的那条路。可是，左看右看，路突然就不见了。德国人真是好，有一位开车的太太见我们6个人拖着行李在艳阳下乱转，就下车问我们是否需要帮助？就一分钟，来到了我们要住两夜的民宿。

∷ 老太太一点也不像希特勒

开门的是位德国老太太，英语比我还糟，除了“哈罗”，就叽里呱啦说了一串德语。阿慈实在够厉害，老太太说德语，她就用中国话回答，两人竟然也能沟通，还让我们把行李搬了进去。

正担心不够住，老太太领我们参观房间，一路三人挤一间住得别别扭扭的我们，一看可以两人住一间，而且房间好大，附有电视，忍不住大呼万岁。盥洗室两间，浴室两间，都是独立分开的，而且收拾得香喷喷，好干净。

因为这是他们自己的房子，孩子大了，离家工作，所以，房间空了出来，他们遂提供作为民宿，一方面赚点外快，一方面可以陪陪老太太。以上所述，都是我自己猜的。

住得那么棒，每个人只要42马克，那大概不附早餐了。

老太太似乎猜出了我们的疑惑，指指餐厅桌上一盘小点心，示意我们可以自行取用，又领我们到厨房东指西指，大概是说我们可以自己煮饭。接着，她打开冰箱，只见里面装满优酪乳、果汁、面包、乳酪、奶油……免费的吗？这次不用猜了，因为冰箱的牛奶纸盒上贴了一张英文便条，意思是说早餐自助，我们请便。

简直就是天堂了，大伙开始安置旅行箱，更衣、晾衣……老太太却拉了我到屋外去，站在路口，她一边向前指，一边跟我说:“布兹！布兹！”我是有听没有懂，前面有什么皇宫吗？还是，前面有什么商店？

她见我一头雾水加汗水，还是不肯罢休，又把我往前拉，指指前方刚刚驶过的巴士，又说：“布兹！布兹！”我这才搞懂，她是好意告诉我们，如果要进城，就要搭这个方向的“巴士”。谜底揭晓，“布兹”就是我们在德累斯顿学会的第一句德语。

反正也不知怎么回事，大概是年龄相近，或是我看来一脸老实，老太太对我特别有兴趣，不时亲切地拉着我说说，倒是改变了我来自希特勒的刻板印象。

我看再这样聊下去，哪儿也别想参观了，连忙催促同伴准备出发，同伴不像我，把房门带上就走了，我担心这间民宿还会有其他房客，万一行李被偷怎么办？很仔细地把房门锁上，刚刚走出大门，就听到一阵急促的敲门声，间杂着老太太的呼叫。心想，老太太别又要交代什么事，这一扯，又是半天。“不管她了，走了啦！”我催同伴。

∷ 老太太拼命叫救命

走不多远，小年觉得不对。“老太太的叫声听起来好奇怪，好像在喊救命！她是不是摔倒了？”

怎么可能？这是她家啊！哪有这么不小心的。但是我还是回房查看，四处找不到老太太，却发现呼声来自我的房间，我快快用钥匙打开门，只见她脸色惨白，大概以为我要抢劫，还是……她快速走出，根本不理我的道歉，一句话也没说就走开了。原来，我锁房门时，老太太正在帮我换床单，我就顺手把她给锁在房里了。

我还以为老太太这下会恨死我了，晚上回旅馆时，还特别跟她通晓英语的儿女解释，我不是故意的。

真是老太太不计小女子过，很快地她又恢复了健谈，只要见面，就抓着我们叽咕不停，当我们离开德累斯顿那天，她紧紧抱着我们又亲又吻，眼里泪光闪烁，害我也忍不住掉下泪来。之后的票选，大家一致认为这件事最糗，而这位老太太最可爱，当然，全拜我所赐。

乱不正经小点子

住民宿就这点好玩，你会遇到各式各样的房东，有的很小气，早餐只有薄薄的一片小土司；有的很唠叨，无时无刻都要找你聊天；有的很冷漠，你来你去他都没有表情，有的热情得快要把你烧化了。

最令我难忘的是英国因凡尼斯的一位太太，长得超可爱，房间装饰得好浪漫，早餐也是一级棒，养了一只可爱的猫咪，如果再去苏格兰，我一定还要去拜访她。

不好意思啦！骗你会开车

听说文文要带妈妈去新西兰玩，我立刻玩心大动，因为澳洲已经去自助旅行过了，没去过新西兰，好像欣赏一幅名画，只看了上半张，怎么也不过瘾。

可是文文这人也有怪癖，她向来独来独往，即使有人一起同行，也顶多是她家人，要骂要夸都好说话。

我当然了解自助旅行者的弱点，死缠烂打想尽办法赖着她，说她一个人带了妈妈和外甥，多么辛苦，而且又没有年龄相当的人聊天，况且，我去了，还可以跟她换手开车——因为我知道每次出门开车的人最辛苦，到目的地就累得半死，什么风景也没心情看。

这下子说中她心坎，她也觉得一个人携家带眷有点累，也知道我向来独立自主，不会添她麻烦，勉强点了头。

:: 有我分忧解劳，你安啦

在奥克兰租了车，因为驾驶座跟台北相反，路况又不熟，文文不敢

让我在市区开，好不容易有机会到郊区的韩德森小村逛葡萄园，文文挑了一条没什么车子的乡村小路让我熟悉车况。

开了一小段，正准备右转，发现角度不对，想要修正，又要打方向灯，手脚就缠在一块儿，说时迟那时快，后方出现一辆载运农产品的大货车，我到底要右转还是直行？文文急呼："快转啊！"我望着后视镜愈来愈近的卡车，还听到短促的喇叭声，却怎么也无法动弹，吓——呆——了！心想完了完了，要被大卡车撞成稀烂了。

司机大概发现情况不对，就在卡车离我们5厘米之处，及时刹车，真是上帝保佑，我整个人吓出一身冷汗。不过，幸亏新西兰的司机很有爱心，若在台湾，说不定早就赏我一堆三字经了，他非但未下车骂我，还跟我挥挥手，要我们小心。

文文这才知道我在台湾只练过车，并未实际上路过，说什么也不肯让我开了，看着文文一路十分辛苦，经常累得眼睛都要粘在一起了，我却不好意思说要开车，让她饱受惊吓。

当我们玩过温泉城市罗托鲁阿，凌晨6点开车离开，预计赶到惠灵顿搭船到南岛去玩。早晨的雾气很大，温度又低，路标又复杂，绕了许多冤枉路，终于驶在正路上，已经是9点多了。

大概是起床太早，阳光照得人暖酥酥的，文文头痛的毛病又发作了，我发现她有好几次方向盘都歪了，车子在路上蛇行，若不是新西兰的驾驶都很守规矩，早就被人从后追撞或是按喇叭了。

我看情况不对，提醒文文，换我开一段路。文文没有回话，她大概在想，与其给我开得心惊胆战，倒不如由她开。可是，撑不了多久，文文计算路程，如果她停在路边睡一会儿，不晓得时间够不够？那可能时速要在150以上，太冒险了，万一又不小心开错路，那就惨了，花了38新西兰元的船票就报销了。

我小心翼翼说："你停在路边，不如我慢慢开，即使时速30，也还是缓慢前进，你就帮我祷告吧！反正路上车不多，又都是一个方向，没问题的。"

文文真的是撑不住了，只好豁了出去，把她妈妈和外甥以及她自己的身家性命，都交在我手里了。

:: 我只有祷告上帝一路保佑我

我怎么会不紧张？但这一路天天观摩文文开车，也有一点心得，坐稳了，系好安全带，深呼吸，祷告，眼睛往前看，求上帝保佑我开车时都不要遇到来车，那我就不会紧张。

紧紧握住方向盘，全身肌肉僵硬，车子很顺手，手心却直冒汗，虽没有来车，我却开始驶向一段下坡路，右边就是山谷，万一掉下去呢？我直视前方，不让方向盘有一点歪斜，什么美景都不敢看。

文文很快就睡着了，万一醒来在天堂怎么办？我又开始胡思乱想，她妈妈好像一点也不担心，跟孙子有说有笑，我悄悄瞄了一眼时速表，哇！我开到60呢！

突然车后出现追车，我如果往右靠让他超车，万一开偏了，不是会掉下山谷吗？我只好打了方向灯，请他尽管超车，我仍旧死守着车道，还好，他没逼我，嗖地超车走了。说也奇怪，这一路，我没有遇到一辆来车交会，即使后有追车也都是在路面平坦处。

终于驶到著名的地热区，眼见山头积雪皑皑，黄花遍地，好想下车走走，文文似乎跟我心电感应般，悠悠醒转。

她微微一笑，没夸我开得好，毛发无伤，也没骂我开得慢，老牛拖笨车，只是淡淡说："你回台湾以后，一定敢开车上路了。"

我却充满了愧疚，要不是我骗了她，她也不会这么辛苦。但是，若不是这一趟亲身的体验，受尽老公和儿子驾车护送关爱的我，又怎么可能有机会开车上路？

果然，回台湾以后不久，有一回跟文文在我家附近巷口相遇，文文摇下车窗，大声说："我说得没错吧！你现在的车开得多好！"

是的，就是从新西兰回来以后，摆在皮夹里几十年的驾照，终于扬眉吐气见天日了。

乱不正经小点子

自助旅行都要各尽其职，你会做什么都要尽量贡献一己之力，可是，不会做的事，千万不要夸口吹牛，免得到了国外出了问题，那就很难处理了。还有，千万不要摆出大小姐或大少爷派头，你不懂得照顾别人，就会变成累赘，万一被人一气之下放了你鸽子，你可就是吃不完兜着走了。

我只会开自排，谁要你租手排

心情不好，想要出国散心，约了退伍天天在家昼伏夜出跟吸血鬼差不多的扬扬，还有毕业许久还不知道要进哪一行的小慧，因为他们坚持要去法国，适逢欧联火车票涨价，难得同行三人都会开车，我遂想来点变化，租车游欧洲。

跟朋友打听，又上网查询，发现租车费用不低，而且大都是手排车，就这样放弃不太合我这爱冒险的个性，结果，只买了短天期的火车票，决定先上路再说。

玩了荷兰，搭火车离境时，决定不了在德国的巴登巴登，还是在法国的斯特拉斯堡（Strassburg）租车。后来想，因为我们先要在德国黑森林一带旅行，而巴登巴登又是著名的温泉区，租车应该很方便。

结果我们完全错了，火车站没得租，搭公车进市区找旅游服务中心，只问到一家SIXTY的公司，非常小的规模，沟通了半天，他们才在别处调到一辆车，4天的租金就要800多马克，吓死人了，只好谢谢再联络。

虽是初秋的凉爽天，拖着大行李，再用走的，我的命肯定

会去了半条，只好忍痛搭计程车，运气不错，找到了我刚刚路过留下印象的一家Euro Car。问了半天，4天的租金也要580，还是很贵。眼尖的我，灵机一动，问他们如果租一星期呢？太棒了，因为假日优待，7天反而只要550。

可是，没有自排车，我跟小慧不能开车过瘾，而且会累死扬扬。但是，扬扬拍胸脯保证手排很简单，他这位天才老师教一下就可以上路，大不了都是他开。我虽然觉得不妥，见了眼前的小奔驰，也觉得操纵它应该不是难事。

:: 哇！我可以开奔驰车了

小奔驰在德国虽是国民车，我们开起来却觉得十分神气。但是，神气不了多久，我就发现，账单上的价钱是760，当时乐昏头了也没检查清楚就刷了卡，难道是他们坑人，欺负我们外来客？急急开回去找他们理论，谁知道已经打烊了。

这下子，我们慌了，无法如期上路，只好就近找地方住下，因为市区大都客满，这一找，又去了一个多小时，夜晚也没什么好逛的，只求休息一晚，早早上路。

第二天问了Euro Car的办事员，才知道多出来的钱是他们预收的费用，以防我们还车时，没有加满油，他们可以扣钱。

弄清楚了，我们互相提醒，下一回刷任何账单时，一定要先看清楚，否则又耽误行程，又浪费金钱。

开车游黑森林，照理说应该是很浪漫的，可是，扬扬的风格跟我不同，我喜欢悠闲地走马看花，他却一路开快车赶路，也怪黑森林能看的景观不多，有些必须下车走路两三个小时，结果，彼此有了怨气。

第三天到了一个小镇，大清早起床练开车，因是周日，街道清静，很适合练习。小慧还好，转了几圈，勉强可以开一小段路，我则是把驾驶班学的手排窍门忘得一干二净，说我自己不敢上路，他们看了也怕。扬扬也说，没想到欧洲这么辽阔，再这样让他一个人开下去，非把他累死不可。

∷ 花钱租车却不能开车，多冤哪

看了地图，最近的城市是德国的弗来堡（Friburg），赶过去一问，很是不巧，他们没有自排车，也就是说，欧洲的租车公司很少自排车，必须事先预定，他们联络了好几个地方，你猜什么地方有车？对了，巴登巴登，我们必须开200多公里走回头路。

这是很恐怖的一件事，整个行程都会被延误，预算也会超出很多，我就怪扬扬为什么当初不肯多等一下自排车，现在卡在这里，不上不下。扬扬责怪我出国那么多次，也不先搞清楚租车的费用，早知道那么麻烦，就不要租车了。

小慧两边都不能帮，只说了一句，再吵下去，天都要黑了，黑森林的路肯定不好开。

怎么办呢？没第二条路，只有乖乖回头。来回一算，白白浪费两天行程，花钱学教训嘛！我心里是直犯嘀咕，当初在巴登巴登不该那么民主，尊重扬扬的坚持，租了我们在国内都不敢开的手排车。可是，话又说回来，是我自己不敢扛起责任，才会闹出那么大的漏子。

亡羊补牢嘛，回程我们选了另一条路，借不同风景作为小小弥补，而且上帝待我们不薄，虽然告别了我们钟爱的小奔驰，每天只多付了20马克换到了一辆更帅气的Passat。

乱不正经小点子

这才恍然大悟！怪不得我们上网查租车价格那么贵，不敢先预定，因为我们问的都是德国租车、西班牙还车；或是荷兰租车、法国还车，因为是跨国的，租车费用相当高，如果同一国家租和还，就便宜得多。所以，如果一开始就在斯特拉斯堡租车，就可以一路游德国法国西班牙，然后在西法边界还车，搭TGV杀回巴黎，省了许多事。

Part7 Part7 Part7 Part7 Part7 Part7 Pa

老鼠要发威

Part 7

你以为我没脾气，很好说话，
你就骑到我头上来了。
告诉你，我也是有原则的，
只要有人做得太过分，
我还是会发飙的。

这种导游，遇上了，乖乖认倒霉

自助旅行久了，总想偷偷懒，随团旅行，虽然约束多，可是也省了很多麻烦。所以，偶尔，我还是会让旅行社赚点我的钱。

可是，刚开始，没经验嘛，不懂得分辨导游或领队的好坏，尤其是第一次出国，紧张兮兮地像水蛭般粘着领队，就怕走丢，坐在大街上哭，还上了报，那才叫丢脸丢到了国外。只要领队说，不准夜游，早点上床，我就乖乖地锁起旅馆房门写日记；导游说，晚上有好看的表演，我就遵嘱缴费去看那难看死了的秀。

渐渐懂得观察，发现国内领队跟国外导游的搭配相当重要，就像棒球队的投手和捕手，默契够，实力接近，又懂得相忍为国，就是我们三生有幸；若是一强一弱，或两强相争，两人之间兵戎相见，倒霉的一定是我们。

∷ 强弱实力互见，拔河拔丢了差事

去东南亚那次，就是典型的领队弱势，导游的气焰高涨。菲律宾的导游薪水大概不高，想尽办法要捞点油水，不停地带我们去买东西，赚佣金。最气人的那次，他把我们一团丢在药

店，见我们不怎么感兴趣，就说前面车祸，塞车严重无法通行，硬是把我们留在预定行程之外的药店。

我们跟领队抗议，可是，娇柔可爱的她说什么也凶不起来，争取半天，导游根本不甩她，摆明了不买东西，就不走人的耍流氓味道。两小时后，导游说路通了，但是时间也晚了，二话不说，就带我们去吃饭。我们只能回台湾抗议，结果没得到任何补偿，害得领队引咎辞职。

另一次类似经验，是在埃及开罗发生的（请参考《领队撒赖，本姑娘决定开罗出走》）；这回是领队跟导游一鼻孔出气，出卖我们，非要我们买香水香油不可。说实在的，异乡海外的，除了忍气吞声，也只有罢买一途。

总算让我在圣诞节游法国那次，遇到了一位善体人意的领队，他长得斯文秀气，很有妈妈的味道，我们就叫他“小妈”。他处处尊重我们的意见，甚至在巴黎遇到一位恶劣的导游（姑隐其名，就叫他犹大好了），他还挺身为我们向巴黎旅行社抗议，立刻撤换导游。

说起这位法国导游犹大，相当资深，来法国二十几年，却还说了一口道地的京片子，如假包换的中国人，戴了顶绅士帽。可是，他一上车，就一副跩不拉叽的态度，说话相当不客气，下巴抬得高高的，郑重提醒我们不可以把他当用人使唤；同时，还说做中国人不好，要做日本人才有尊严，把一车人都得罪了。

沿路就有人跟小妈抗议，参观完圣心堂，犹大导游跟团员起了冲突，小妈毫不示弱，拿出誓死护卫小鸡的精神，请犹大就在下一站巴黎铁塔结束工作，我们要换人。

犹大导游大概从来没碰到反击吧！气呼呼地下车，临走还说，幸好小妈会说英语，否则像他这样又呆又笨的人怎么认得路？

隔天早上，当地旅行社派了位香港代表来沟通，说我们不该挑剔犹大先生不是法国人，还说我们有眼不识泰山，因为犹大在法国是专门训练小导游的高手。老天，他教出来的不又是一群蔑视中国人的导游吗，这还得了！

我们回说，犹大跟我们都是中国人，不应该中国人欺负中国人。未料，香港小姐立刻撇清关系，你们不是台湾来的吗？并且郑重声明她是香港来的，跟我们不一样。她这么一划分，明摆着将台湾、内地、香港割成了三块，甚至三个国家，再谈下去，也不会有好结论，索性不要导游了，小妈带我们自己走。

就这样我们跟小妈培养了革命感情。谁知道，当我们心怀感激，无限怀念这趟法国之旅时，却传来一则不幸消息。因为台湾的旅行社老板查出来，小妈私下A了我们的饭钱，中饱私囊，已被解雇，为此，旅行社老板还赔偿了我们每人100美金。唉！这个世上还有什么人是可以信任的？

:: 争权夺利，利字头上没有刀

美东那次的印象也很深刻，那是我第一次去美国，相当兴奋，台湾去的领队也很认真，一路抱着他多年心得的笔记本为

我们介绍。问题是，美国导游是位留学生，也具备了中国人特有的认真精神，不管是参观哪个景点，她都详加介绍，即使我们睡得东倒西歪，她也不以为忤，照样导游。

可是，偏偏遇上台湾的领队先生，非但闲不得，而且爱表现，一上车就抓着麦克风念他的笔记本，根本不给导游机会。我们都想要多听一些美国当地的状况，而不是一堆死的知识。可是，尽管我们抗议，领队照讲不误。我悄悄问导游，为什么不争取发表机会呢？

因为还有十几天行程，她不想撕破脸，既然领队爱表现，她也乐得轻松。团员不像我，沿路记笔记，所以都不太计较由谁来说明，我只好私下请教她相关的资讯。

像这种妄自尊大、食古不化的领队先生，到了最后一站，照样脸皮厚厚地跟我们收取小费，每人100美金。我真的很不甘愿，一路上得到这种服务——可是，中国人以和为贵，他们做这行也很辛苦，就给吧！但因为实在伤透了心，所以，我下定决心，再也不跟团旅行了。

乱不正经小点子

如果跟团旅游，一定要事先问清楚领队是谁，当地的导游素质如何。因为负责、有经验的领队，遇到困难或窘况，一定会以团员的需要为优先。像我去意大利那次，领队就以机智处理了很多突发状况。而好的导游，可以让我享受一趟愉快的知性之旅，像我去以色列那次，事先预定了精通圣经的一位导游。这是你的权利，不用白不用。

让让让，让到几时才算有风度

我这个人的个性向来是得理不饶人，谁要跟我辩个你是我非的，气死的绝对不是我。

可是，头一次出国自助旅行，好不容易凑足四个人，虽然不知对方底细也勉强接受。同时牢记过来人的经验，千万不要在路上把关系弄拧了，回来后变成仇人。于是，我决定遇到任何问题都以和为贵。

没想到，这一忍，却把问题给忍大了。

先说洗澡吧！每晚回到住的地方，谁都想快快洗干净，早早上床，莉亚总是在我们还在晾衣服、整理行李时，率先冲进浴室。反正我们还要记账、写日记、安排第二天的行程，倒也不在意谁先洗后洗的。

只不过，莉亚总是洗完身体又洗头发，再来又洗衣服，等轮到我们时间已经不早。这也可以忍。气人的是，我们洗澡时难免会有冲水、开门或有吹风机的声音，先上床的莉亚却骂我们太吵了，害她不能睡。

早听说她在家娇生惯养，爸妈捧在掌心，我们也不计较。

因为她永远是第一个上床、第一个起床，我们睡得正熟，她却铺床叠被弄得很大声，还把窗户开得大大的，吵得我们无

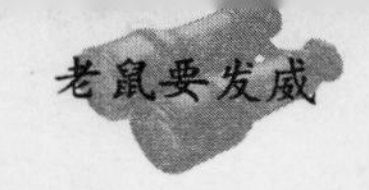

法再睡。我们抗议过，她反倒怪我们贪睡。

吃饭则是另一个大问题。因为既是自助游，走到哪儿玩到哪儿，吃饭当然不可能定时，我们总习惯随身买一点食物，预防下一站要隔很久才有东西吃。每次问莉亚，她都说不饿，不肯预先买任何食物。有时，晚上七八点还在找旅馆，或是经过的地方都没卖吃的，莉亚就挂着一张脸，吵着要进餐，不想再走了，闹得大家的心情也坏了，只好到处帮她张罗吃的。

为了她不合群，我们睡不好，也吃不安稳，三个人都快受不了她，一致决议跟她摊牌，决定每晚洗澡的顺序轮流，她不能再享有第一个洗澡的特权。同时，每次添购干粮时，她如果不买，等我们到了高山上，她喊一百遍饿死了，我们也不分一点食物给她。

她骂我们心狠手辣，气得要先回台北，可是，最终还是留了下来。而且，后一半的行程，终于让她学会了团体生活是要相互体谅的。她的抱怨渐渐少了，到了终点巴黎，我总算在她脸上看到发自内心的笑容。只不过，她是真的被吓到了，因为她说，她再也不敢自助旅行了。

乱不正经小点子

既然叫做自助旅行，就该每个人要会照顾自己。

不管她是你妈，或他是你男朋友，还是掌你生杀大权的主管，出国前就要考虑清楚，他是不是向来喜欢赖着人，根本不适合自助旅行。

先小人后君子，把丑话说在前头，才不会花钱买气受。

只想血拼，不想游山玩水？

小时候，家住基隆，没事就爱逛委托行，就是那些专卖舶来品的商店，所以，对日本等异国商品知之甚详，可算是最最资深的哈日族。第一次登陆日本，简直就像疯了一般，沿路不停地买，尤其是他们的小钱包，又可爱又精致，我从大阪一路买到东京。

登机时，大家纷纷交换战利品的经验，才发现我根本是小case，团里有人买了几百个钥匙链，外加电子锅、毛毯、棉被、梨……简直比搬家还疯狂。

从那以后，经常看到报道形容我们这是采购团，尤其是我一趟美国行，被导游嘲笑台湾团不求长进，只喜欢买东西，不喜欢参观，而且也不听导游的解说，那我们干脆就组采购团，大家还玩得快乐些。我觉得有些汗颜，口口声声说我要参加高品质的旅游团，绝不要丢了国家的脸。

许愿是一回事，做起来困难度极高，每当我面对稀奇古怪、五花八门的货色，尤其是跳蚤市场俗搁大碗的名堂，我立刻失去理智。

这几年，出国次数多了，外加家里堆满了东西，简直就像

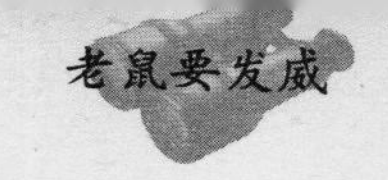

个博物馆，才稍稍收敛。

人就是坏就是贱，自己不太买了，就见不得别人买。甚至自己想买，怕人掀出来，就趁人不注意时大买特买一番，还装清白。

∷ 老妈发飙，谁与争锋

英国自助旅行那次，两个女儿意兴阑珊，什么也不想参观，甚至因为天冷，到了古堡门口，就缩在角落里不肯动弹。两个妈又看资料又排行程，还要认路、扛行李，累得很。起初以为她们大概是被台湾的课业压榨得失了活力，就让她们小小偷个懒；后来见她们买起东西来两眼泛光，就知道她们一心只对买东西感兴趣。

这也算另一种形式的观光吧！可是，只买不看，未免太没出息了，英国东西也不便宜，还买成这样。两个妈一商量，决定女儿们必须乖乖参观，学习了解英国，还要分担旅游责任，否则非但连自由活动都不安排，而且也不准刷卡购物。

没钱哪能办事，两个女儿这才有点像在旅行，认真记录她们沿途的所见所闻。

对嘛，要血拼也要拼出点名堂。就怕饥渴得失了节制，耽误了大家的行动。

欧洲那次，同行有六个人，对自助旅行来说，人数稍稍嫌多。可是，他们都吵着要去，一个也删不掉，就跟他们约法三章，不可以各行其是，要以我马首是瞻。

他们纷纷点头，只求能一起上路。机场集合时，眼见阿慈拖了个笨重的大行李箱，我就快喷鼻血，我再一拎，快要30公斤，临时要换也来不及了。她安慰我们，里面都是泡面、罐头，吃完就空了。我只好提醒她，像这样子，路上最好什么都别买，等行李箱空出位子再说，否则一路会很辛苦。

她拼命点头，就怕惹我生气。可是，这种诺言，比情人之间的诺言还不可靠；当阿慈出了国门，五彩缤纷的就花了眼，再加上她人高马大，平常在台湾买衣服很难买到漂亮的，在荷兰一落地，各种洋装都是她的size，怎么穿怎么合，她像疯了一般，不管我们怎么阻止，三天内就买了六件洋装。

:: 行李爆量，差点引爆炸弹

旅程走了四分之一，阿慈的行李就再也塞不下任何东西，她还是不停地买，甚至买啊买的，不管我们是不是要赶车子，她也会一闪身，就又钻进商店里。

到布拉格那次，就因为她，我们的行程受到耽延。那天因为是下午的火车，我们计划把行李寄放在火车站的寄物柜，再去附近逛逛。可是，她的行李太巨大，储物柜塞不进去，只好排队由人工来收存。排队的人好多，排了将近一个小时，快要

轮到我们，服务人员却说不收了，要我们快走。

莫非是客满了？我们哀求让我们寄放，随便什么角落都可以。可是，服务人员一直说“碰”“碰”，我们就怪阿慈箱子太大，怪不得人家不肯收，担心她的箱子爆开来。

争执间，站里服务人员赶我们出去，许多旅客纷纷拔足狂奔，我们这才知道是火车站被放了炸弹，安全人员正在搜寻，要我们立刻撤出。

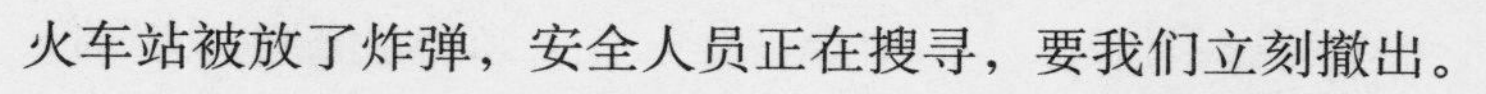

这下子，我们只好跟着大伙一起跑，还拖着来不及存放的箱子。

躺在火车站前的草地上，等待风平浪静，结果，又是一个多小时的漫长等待，耗去了我们留在布拉格最后的逛街时间。都怪阿慈太爱买东西，被箱子阻碍了我们的脚步。

可是，阿慈是自己人，我骂骂她，她还会跟我嬉皮笑脸，过了，就算了。若遇上的是旅行团里的购物狂，不能骂也不能说，那才是活活气死人。

∷ 你爱买，我也一起买，谁怕谁

意大利那次吧！机场集合出发时，我就知道大事不妙，因为好几位都是身怀数张卡，准备大买特买，还说谁托她买皮包，他要送多少人衣服，再加上鞋子……我听不下去了，这不是团费比别人高的人文旅游团吗？

的确，人文素养是很高，他们也都认真参观。可是，只要到了自由活动时间，他们没有一次是在预定集合时间回来；我每次都乖乖准时到，而他们还不是迟到几分钟而已，每次都是半小时以上，领队又是好脾气，行程又排得松。可是，当我看到他们大包小包的提了几十个皮包，十几个购物袋，还招摇地炫耀他们的购买能力，没有为迟到有一丝愧意，我气得说不出话来。

到威尼斯那天，我很怕要被他们摆一道，也怕把所有时间都耗在购物上，就跟领队要求，让我自由活动，并且告诉我“真正的”集合时间，我不想再让他们的迟到，浪费我的宝贵时间了。嘿嘿嘿！结果我买到了一些比他们的更物美价廉的东西，而且，逛得比他们还远，拍了一堆精彩的照片。

乱不正经小点子

迟到是最气人的事，不管是自助旅行或是随团走，如果你是很有时间观念的，就请领队告诉你“正版”的集合时间，以免你每次都被拐。还有呢，遇到别人爱买东西，一味生气与己无益，倒不如自己想办法利用这些时间，欣赏橱窗设计，品尝街边小吃，拍摄精彩镜头，用笔记录所见所闻，跟路人聊天……千万不要让别人的shopping，坏了你的兴致。

想吃我豆腐？给你豆渣吃

一个人的特质，平常觉得是缺点，到了非常时候，可能就是一种美德。就以我家老公舜子来说，总是嫌我爱挑剔，出门旅行还东嫌西嫌，譬如每次集合，大家拖拖拉拉，我就很生气。他却说，每个人习惯个性不同，出门在外，总是要彼此适应，才能和平相处。

那一回我不是跟他到日本韩国度过七年之痒吗？我一路嫌，他却一路帮忙我嫌弃的人，帮她们搬行李，搀她们上车，显得我很小家子气，因为他都不照顾我。他说我还年轻，那些欧巴桑都六七十了。

结果，他跟那票会说闽南语也会说日语的老妈妈们处得极好，一路有说有笑。老妈妈还说，如果舜子还没结婚，一定把女儿嫁给他，言下之意，我实在太不配他了。

好吧！好吧！他是头，是一家之主，出门在外，我就不发飙，免得让他下不了台，也坏了兴致，等于跟十来万的台币过不去！

回台湾的路上，他也是在机场帮忙提行李，一个劲地体贴照顾。上了飞机不久，同机的日本客喝了点酒，也不知道是不是借酒装疯，开始对他身边的旅客动手动脚，刚好就是我们这团的张妈妈。

张妈妈见状，跟领队求援，找来空服员，劝了几句，成效不大；日本客还故意摸了空服员屁股一把，空服员大概是以和为贵，也没跟他计较。张妈妈的手被日本客摸得直起鸡皮疙瘩，打他，他还是照摸不误。张妈妈只好跟舜子搬救兵。

未料，舜子竟然自愿换到日本客身边，我心里很火，别人怕被摸，难道他老婆就可以给人吃豆腐？好啦！大概是认为我比较凶，我只好两个眼一直盯着日本客，上厕所跟他借过，也不敢放松，深怕他那恶心巴啦的手趁机摸我屁股。

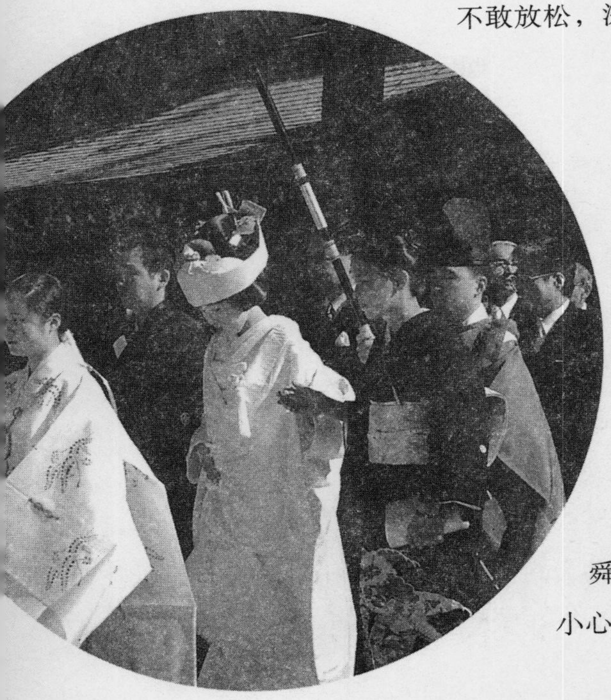

他无豆腐可吃，心里大概也不怎么爽，睁着红通通的眼睛回瞪我，大概看我不好惹，就装睡了。

过不久，张妈妈要拿她搁在头顶行李舱里的手提袋，舜子就帮她拿，一个不小心，手提袋失手砸到日

本客的头上，他揉着额头大叫，暴怒得跳起来，大概要把他吃不成豆腐的怒气发在舜子身上，用日文骂他，还要他拿出护照来。

舜子知道自己不对，还真要乖乖拿出护照，我在一旁急着阻止，如果护照被日本客抢走，事情还不知道要闹到多大。日本客叽里呱啦骂着，动手要打舜子，舜子只会一直“sorry, sorry！”乘客开始侧目，我学的半调子日文根本派不上用场。

眼见事情要闹大，团里的欧巴桑立刻从不同的位置赶过来，用日语跟日本客沟通，拼命对不起，一边把舜子拉到别排座椅去，叫他躲起来，像妈妈一样哄小孩地拍着日本客的背跟他解释。

这期间，日本客酒意也醒了，不时在座椅间穿梭，要找到舜子的下落，口口声声说要找警察，要告他。

若不是几位通日语的欧巴桑一路安抚，我看，到台北舜子也无法脱身。当我们平安坐上朋友来接我们的车子，舜子跟我说：“要不是我一路上照顾这些妈妈们，她们怎会伸出援手。”

害我无比羞愧，只能低下头来。真的，若是在土里撒下春天的种子，就会看到满园的花朵。

乱不正经小点子

真的是出门在外，远亲不如旅伴。这让我学到，一味抱怨并不能改变事实，倒不如学着逆来顺受，用包容和爱心彼此相处。

帮你换钱，你还骂我

尽管你信誓旦旦，只参观欣赏风景，绝不乱花钱，做什么采购团团长，可是，到了国外，见了一堆新鲜货，非但有趣，而且可能这辈子再也看不到了，你就会忍不住购物的冲动。问题是，身上的台币，出了国，除了到内地或香港，偶尔还行得通之外，你必须用国外的货币购物。

如果只是一种货币，你还不会搞混，万一你像我一样喜欢到欧洲旅行，三五个国家玩下来，英镑、法郎、马克的，天天算汇率，头都要变成几百个大，既怕换多了吃亏，也怕换少了不够用。可是，换得太多，用不完，即使可以再兑换回来，难免会损失或是添麻烦。

这几年比较方便了，台湾银行可以兑换的外币种类很多。问题是，遇到汇率波动大，或是不确定自己在国外要花多少钱时，到国外伺机而动，就比较妥当。

跟团旅行，反正领队导游会带我们去换钱，不必担心受骗上当。有时候，导游自己就准备了一堆外币跟我们兑换，有时怕麻烦，我干脆就跟导游换，用不完，回国前也方便换回来。

可是有些导游不诚实，汇率比银行差，我们难免吃了闷亏。

我第一次自助旅行时，心想反正到当地再换，没什么困难。哪想到，才要出机场搭车，就发现我们连买车票的钱都没有。只好在机场换，又担心到得太早，银行还没开门，干脆多换一点。没想到，车抵中央车站，车站里的银行已经营业，更夸张的是，也不过短短几公里，汇率差价高得离谱。后来，我就学会一件事，若非必要，不在机场换钱，要换也只换一点点够用就好。

那感情好，展开行程，没钱就行不得也，于是，同伴分头去找银行，一家家问、比价，看看要不要扣手续费，手续费是按金额多少还是按每笔交易收取，通常，换好钱，汇率上赚了一些，可是时间却耗去很多，我觉得很划不来。

出国次数多了，我就大概抓一个准，一次把该国的钱币换足了，要买东西，尽量刷卡。

∷ 刷卡不是比较贵吗

照我的经验，刷卡的每笔费用都有账单，比较好记录。而且，刷卡不是立即付钱，等于先享受后付款。同时，账单从对方银行到我方银行往往是几天以后，说不定那时的汇率比较低，那就赚到了。还有，刷卡可以积点数换礼物。另外，我有好几笔的账单到现在都没来收取，据我推算，可能是那家商店已经倒闭了，不管真正原因是什么，反正我就是赚到了。

∷ 哪里有好汇率

每个国家或城市都不一样，跟团的就问导游，要不就在出国前跟常出国的人探询。如果在国外换，最好是到一些有口碑的或是银行兑换；黑市交易，有时会换到假钞。还有，不要到太偏僻的或人烟稀少的地方换钱，以免被抢。

像我到英国，就是照旅游指南上说的一家私人兑换中心换钱，汇率高，也不容易换到假钞。若去银行或私人兑换处，为了省时间，不要刻意花时间去换钱，不妨在玩耍的途中顺便换，如果一连好几家银行，可以比较他们挂在窗外的汇率版，大概心里就有个数了，或是挑人多的银行，多半行情比较好。

请千万记住，汇率差一点点没什么关系，犯不着为了几十块台币的差价，连跑好几家。

换钱之前必须要问清楚，需要手续费吗？手续费多少？有时候，某家银行汇率高，可是要付手续费，两相抵扣，就差不多了。同时，还要问，手续费是按照金额多少，还是一笔交易来算。也就是说，手续费若是每100美元扣百分之一，500美

元就要扣5美元。可是，有些地方是按照每笔交易来算，你可以把大家要换的钱合起来一起换，也就是说，500美元只要扣一次手续费，1美元。

一般来说，旅行支票的汇率比较高，但是，有些国家的旅行支票汇率却比较差，最好事先问清楚。尤其是，一些小乡镇，旅行支票不像美钞现金那么好用。

∷ 帮人换钱，只是举手之劳？

当你在排队换钱时，有陌生人可能会跟你说，他只要换一点小钱，请你顺便一起换，千万不要答应！他手中的可能是假钞，到时候，会害你受罚；也可能他届时会撒赖，说他给了你300元，其实他只给了你100元，你又没有证人或证据，真是哑巴吃黄连，好心遭狗咬。若是自己的朋友或团员，最好也是事先说清楚，请他站在旁边一起换，或是要有人证明他给了你多少钱，换好的钱若要扣除手续费，也要照账单来分，找不开的零钱，可请兑换人员给你一些小钞，切记当时就把钱算清楚，以免造成不必要的麻烦。

有一次去意大利玩，要换钱的人很多，领队一个人忙不过来，我跟另外两位比较有经验的人帮忙一起去换。未料，其中有一张是假钞，领队差点被没收护照，我们帮他证明那些是团员的钱，不是领队的，解释许久，他才让我们过关，但假钞却被没收了。这一折腾，花了将近一个小时。

在外头等待的团员，有的拍照，有的吃冰淇淋，有的去洗手间，有的在附近逛商店，比起我们困在里头的人要舒服得多。可竟然有人大发牢骚，说我们那么慢，耽误大家逛街的时间。

我火冒三丈高，心里呕死了，我根本不需要换钱，完全是帮忙大家换，什么也没玩到，还遭人数落。更气人的是，发飙的就是领队推测给假钞的人。末了，还是领队有度量，要我不要说了，她自己掏腰包垫付里拉给那个人，因为没有人肯承认他付的是假钞，领队又无凭无据，吃了闷亏。

心想，万一领队当时没跟进去，是我们帮忙换钱，那倒霉的不就是我们了？所以，打死我，以后也不帮人换钱了。

:: 换多换少，都要当面点清

换完钱，不管是否熟悉那国的币值，也要不厌其烦地当着兑换员的面，把钱算清楚。离开柜台，才发现短少，再回来理论，可就难上加难了。也别忘了把皮夹收好，更要注意四周有无可疑人物，免得他跟踪你，扒窃你。

我倒是没遇到对方少算的，因为我每次都很小心点算。

不过，有一次在法国鲁昂的经验很有意思，因为我们有6个人要换钱，柜台员的数学不太好，手脚又慢，当我们离开银行分钱时，竟然发现多出了3 000法郎，哇！赚到了。6个人分分，也不少呢！

可是，转念一想，那女人说不定是个单亲妈妈，也可能最近才找到新工作，说不定她一个月薪水也不多，况且我们6个都是基督徒，怎么可以做有愧良心的事，看过护照的她，也知道我们来自台湾。

当我们回去拿钱还给她时，可累了，因为语言不通，她还以为她少给了我们钱，是去要钱的，还努力跟我们解释，把钱推回给我们，表示钞票出门概不退换。我们比手画脚也没用，后来，干脆拿了一张纸，我用写的，表示她多给了我们，她面露惊讶，一直跟我们谢谢，嘴角仿佛停了一只春天的蝴蝶，笑得好灿烂。

虽然已是旅程的最后两站，疲态已露，可是，我们的心情却是轻松的。

乱不正经小点子

有人不喜欢带现金，怕弄丢；像我，则是怕麻烦，不太喜欢带支票，可是有些地方非现金不可，怎么办？有个变通的办法，那就是，每次要付账时，请其中一人刷卡，大家再付现金给他，这样子，让大家所带的现金在彼此间流通，又不必每个人带一堆钱，挺方便的。等到了旅程末段，再把剩下的现金花完。我去澳洲、欧洲，都是这样帮了那些现金不够花的人。

搭飞机，一点也不好玩？

小孩子或是第一次搭飞机的人，因为新鲜嘛，大概都会觉得很兴奋。可是，我可不这样认为，从高往下看人看风景也许很有意思，但是，脚不沾地的，很没安全感，万一机械故障什么的，我又不可能跳机，只有坠机一途，想着就没安全感。所以，每次出国是很开心，但又害怕飞机失事，好几个晚上都睡不好，甚至还要吃安眠药才能入睡。

后来，我想到一招，那就是找基督徒一起同机旅行，上帝也许看在这位基督徒朋友的面子上，不会把我早早带走。

结果你猜朋友怎么说？我大大的错啦！好人才该早早到天堂享乐，说不定我会因此更快上天堂。

我既不能做个贪生怕死的基督徒，也不能老做鸵鸟逃避现实，搭机次数多了，我自然就创出几套法宝来克服“飞机恐惧症”。

∷ 睡大头觉，好好地补眠

每次出国，几乎都是彻夜加班赶了一堆公事，累得全身酸痛，正好趁

此睡大觉，也比较不会胡思乱想。有时必须借助安眠药，但是，我又怕药效太强，如果有个什么意外，别人摇不醒我，那怎么办？于是我会请医生开药效比较轻微的“安神药”。

不过，坐经济舱的人若遇到飞机满座，只能挤在窄小的椅子里，万一旁边的人又不认识，或坐了一个大胖子，更是难受。脖子酸痛是最常见的现象，我一定会随身带一个充气小枕头，支撑颈部，这个小枕头也适用在长途游览车或火车旅行时。自从我使用了小枕头，睡觉品质就好多了。当然，别忘了脱鞋子，放松一下。（如果有脚臭，那就……）

如果你怕睡着了损失一餐，可以跟空服员事先说一声，请他叫醒你。同样的，我也见过有人一觉睡到美国，那就是事先叮咛空服员不要吵醒他。

∷ 看电影、听音乐、读书、写信、写稿都行

飞机上的影片大都是院线片，中英文都有，你可以一部部接着看。若嫌看电视眼睛容易疲劳，那就听音乐，或是自己带随身听。读书也不错，平常忙碌得一塌糊涂，这时候正好进补。我也会跟朋友玩扑克牌，或是猜数字游戏，既能益智，也能打发时间，又因为转移注意力，我就不会一直定睛在飞机失事的恐惧中。

我也喜欢在飞机上写回信，每次出国，我多少都会带几十封听众或读者的来信，一一作答，从国外寄给他们，让他们受

宠若惊一番！有位妈妈谢谢我在旅途中写信给他要联考的儿子打气，她还跟她儿子说："不能辜负温姐的爱心啊！"打气的力道不更强了几分！

还有，我会写稿，例如去程先打小说啦童话啦或是歌词的草稿，回程则把这一路的游记可以记载的大纲拟好，回家再键入电脑中，就赚回了一大部分的旅费呢！

∷ 大吃大喝，也不要忘了动动四肢

刚开始搭飞机，我都不太好意思麻烦空服员，想喝饮料，也忍着不说；想尝尝酒品，怕他们笑我是酒鬼；闻到泡面的香味，只会吞口水，就是不敢说我也要吃……后来，我才弄清楚，飞机上供应的餐点、饮料，我都可以尽情吃喝，因为我付的机票钱都包括在内，不吃白不吃。如果不会说英文，就用手去指啊，或是请邻座帮忙。

不过，拼命吃喝，短短十几小时，也可能增加一两公斤的体重呢！还是要小心。如果真的不想吃机上食物，也不要当着空服员的面大肆批评，更不要弄得一地都是面包屑、纸屑，切忌拼命搜刮，摆明了要占便宜。我就看过有人抓了好几罐饮料、小酒、三明治的，塞了一皮包满满的，很不好看。

如果中途要转机，倒是可以拿一点饮料或三明治，以备不时之需。有一次，从巴黎转机去尼斯，我顺手带了一瓶水、两个三明治，结果，飞机延误，同伴个个喊饿，机场的贩卖部早

已打烊，我却还有食物可以充饥。

在飞机上吃多了，又没运动，对血液循环很不好，曾经看过相关报道，有人因此脚部坏死，必须截肢，听来吓人，我却不敢掉以轻心。

所以，在座位上，我会扭扭腰、摆摆头，做最简单的转头、伸懒腰、提腿、脚趾抓地等运动。每隔一小时，我就会去厕所走走，顺便喝点水，到走道上做做体操。若能随身带一只小型按摩棒就更棒了，不但自己用，还可以嘉惠旅途中的同伴。

∷ 逮到机会，交一个好朋友

因为飞机上是密闭空间，哪儿都不能去，闲得无聊，不妨跟邻座的人聊聊天。我以前搭飞机喜欢跟朋友坐在一起，可是，次数多了，老为了调整座位，换来换去的，很麻烦。我干脆用一种猜谜的心情，猜猜看我身边是什么旅客，若是同胞，可以交换旅游经验；若是老外，还可以练英文呢！

最怕同行的人揭露我的身份，若知道我是谁的人，就会因为好奇，一直问我问题，或是看看我在写什么，睡觉或吃饭时，我也变得不自在，就怕言行失措，被别人传出去。万一对方根本没听过我，我也尴尬，同伴还要一直说：“什么？你不知道温小平？你一定是不爱看书，人家那么有名，她还到处演讲呢！”他们愈说，我愈糗，人家就是不认识你嘛，你想怎么样，还要害人家嘴里故意客套两句，说假话：“我好像看过，你写过一个水手的故事……”对不起，错了，那是杨小云。

我当然不会揭穿他，免得人家尴尬。所以，万不得已，我喜欢保持神秘，也喜欢借此机会多认识新朋友。明星汤志伟就是在飞机上遇到他现在的妻子，进而交往结婚的，所以，我绝对相信，搭飞机是个交朋友的好场所。

有时候，在飞机上还会遇到几百年不见的老朋友，鲜吧！有一次我去马来西亚访问，回程时，马航飞机故障，一再延迟起飞时间，6小时后终于登机，我却心里毛毛的，很怕空中出问题。未料，上飞机不久，看到一个老朋友，说说聊聊，冲淡了不少恐惧。还有一次，听到正驾驶跟旅客打招呼，最后报出他的名字，竟然是很久不见的朋友，下了机，自然是一场意外的欢聚。

:: 最炫的一次，跟狗同机

在我印象里，狗是不能进入客舱的。那次，我从巴黎回来，在阿姆斯特丹转机，因为已经迟了，连逛免税店都没时间，急急登机，等候多时的其他乘客，表情可不太好看。可是，我们等了许久，还是不见开机，听广播，要等另一批转机客。这下子，大伙抱怨更多了。

这批旅客登机时，引起很大骚动，他们穿的是一式同款的橘红色制服，人高马大，牵了三只德国牧羊犬和导盲犬。坐定后，在他们身边的乘客纷纷躲避，尤其是几位台湾团的旅客，更是掩着鼻子，拼命扇，说是好臭好臭，还跟他们的领队吵着要换位子。

我却好奇着，他们到底是谁？鼓起勇气，用自己乱七八糟的英语问他们是不是要去台湾的？他们点了头，果然我没猜错。那时“九二一”大地震刚过两天，他们是自动赶往台湾救援的西班牙、匈牙利的救援队，我不由得肃然起敬，跟他们握手致谢。

我立刻找到台湾团的领队，请他转告团员，不要对这些人无礼，因为他们是我们的朋友。没想到，这群旅客转得也真快，非但不再说臭，还兴致勃勃地吵着要跟人家合照，去骚扰那些已经吃了药睡觉的救难狗。唉！更巧的是，这位领队竟然是我跟他通过无数电话，从未见过一面的人呢！

乱不正经小点子

坐飞机，最怕吵，像那些嗓门大的，说话好像在吵架，还有婴儿的哭声，都让人受不了。最可怕的一次，全团一半是亲子团的小孩，人手一个电动玩具，又没消音，再加上笑闹声，简直就是超级大赛车场。外国旅客忍受着，台湾旅客纵容着，我却率先起立，请他们降低音量，因为飞机上也是公共场所，不要丢脸丢到国外去。